ハヤカワ epi 文庫
〈epi 113〉

三つ編み

レティシア・コロンバニ
齋藤可津子訳

epi

早川書房

9104

LA TRESSE

by

Laetitia Colombani

Translated by
Katsuko Saito
Published 2024 in Japan by
HAYAKAWA PUBLISHING, INC.
This book is published in Japan by
direct arrangement with
LES ÉDITIONS GRASSET & FASQUELLE.

オリヴィアへ
勇気ある女性たちへ

Tresse【女性名詞】髪の房を三本編んで一つに束ねたもの、
絡み合わせた三本の繊維状のもの。

「……シモーヌ、きみの髪の森には大いなる神秘がある」
——レミ・ド・グールモン

「自由な女はお手軽な女の、まさに対極にある」
——シモーヌ・ド・ボーヴォワール

三つ編み

プロローグ

物語のはじまりだ。
そのつど新しい物語。
物語が私の指先でうごきだす。

まずは枠がある。
すべてを支えるしっかりとした土台が要《い》る。
絹にするか木綿にするかは町や舞台による。
木綿は耐久性があり、
絹は繊細で目立たない。
ハンマーと釘《くぎ》も要る。

何よりも、そっと進めていくのが肝心。

それから編みにかかる。
私の好きな工程。
目のまえの編み機には
ナイロンの糸が三本張られている。
繊維をたばから三本ずつ取りだし、
切らないように結びあわせる。
これを何度もくりかえす、
数え切れないほどくりかえす。

私が好きなこの孤独な時間、指だけが踊っている。
指がくりひろげる不思議なバレエ。
指が綴《つづ》る編みと絡みの物語。
これは私の物語。

なのに、私のものではない。

スミタ

インド、ウッタル・プラデーシュ州、バドラプールの村

スミタは不思議な気持ちで目が覚める。甘やかな逸《はや》る気持ち、腹のなかに新奇な蝶《ちょう》がいる感覚。今日は生涯忘れられない一日になる。今日は娘が学校に入る。

スミタは学校に足を踏み入れたことがない。ここバドラプールの村で、彼女のような人間は学校へ行かない。スミタはダリット。不可触民《ふかしょくみん》。ガンディーが神の子と呼んだ民。カーストの外、制度の外、あらゆるものの枠外にいる。ほかの者に混じるにはあまりに不浄で、毒麦が良い麦から選《よ》り分けられるように、忌避される穢《けが》れたごみ。村の外、社会の外、人間界の外側で生きるスミタのような者は何百万もいる。

朝はいつも同じ。傷ついたレコードがえんえんと地獄の交響曲をくりかえすように、スミタはジャート族の畑のそばのあばら家で目を覚ます。まえの晩、自分たちの井戸から汲《く》んできた水で顔と足を洗う。別の井戸、上のカーストの井戸がもっと近くて使いやすくとも、触れてはいけない。それより些細《ささい》なことで命を落とす者もいる。着替えて、ラリータの髪をとかし、ナガラジャンにキスをする。そして籐籠《とうかご》を持つ。まえは母が使っていたこの籠、見ただけで吐き気がする籠、鼻をつくしつこい悪臭を放つこの籠を、重く恥ずかしい罪でも背負うように、一日中持ち運ぶ。この籠は彼女の苦難。呪い。罰。前世で犯したにちがいない何かを償い、贖《あがな》わなければならない。所詮、この一生は前世や来世より大事なわけではなく、何度でもくりかえされる生のひとつにすぎない、と母が言っていた。スミタの人生とは、そういうもの。

それが彼女のダルマ、義務、この世の居場所。代々母から娘へ受け継がれる生業《なりわい》。英語ではスカヴェンジャー、すなわち〝廃品回収者〟。現実はそんな生易《なまやさ》しいものではない。スミタがしていることを表現する言葉はない。一日中、他人の糞便《ふんべん》を素手で拾い集める。初めて母の仕事に連れて行かれたのは六歳、いまのラリータの年だった。

よく見なさい、おまえもすることになるんだ。そのとき襲われたにおい、スズメバチの大群のように猛烈に襲ってきた、鼻の曲がるような非人間的なにおいは、いまでも忘れられない。道ばたで吐いた。じき慣れる、と母に言われた。嘘《うそ》だった。慣れるものではない。スミタは息をとめ、無呼吸で生きることを覚えた。村医者から、ちゃんと息を吸わなければいけない、だからそんな咳《せき》が出るんだ、と言われた。食べなければいけない、とも。だが食欲は、とうのむかしに失った。空腹がどんなものか、もう憶えていない。ほとんど何も、最低限のものしか食べない。毎日、わずかばかりの薄い粥《かゆ》を仕方なく流し込む。

国じゅうにトイレを、と政府は約束したのだが。残念なことに、トイレはここまで来ていない。バドラプールでもよそでも、人は野外で用を足す。どこもかしこも土壌は汚れ、川も大河も畑も排泄物《はいせつぶつ》で汚染されている。病気は燎原《りょうげん》の火のごとく、またたくまに蔓延《まんえん》する。政治家は知っている──国民がもとめるもの、それは改革、社会的平等、雇用よりも、まずはトイレだ。まっとうに排泄する権利。村の女たちは、日が暮れるのを待ってから畑へ行き、さまざまな攻撃にさらされる。恵まれた者は自宅の片隅や庭に、専用の場所をしつらえる。ひかえめに「水洗式でないトイレ」と呼ばれる、ただの穴、それを素手で毎日汲みだすのはダリットの女。スミタのような女だ。

巡回は七時に始まる。スミタは籠とほうきを持つ。毎日二十軒の汲みとりがあるから、ぼやぼやしている暇はない。目を伏せ、スカーフで顔を隠し、車道のはしを歩く。村によっては、ダリットだとわかるようにカラスの羽根を身につけねばならない。そうでなくとも裸足で歩かねばならない――サンダルを履いていただけで、石で打ち殺された不可触民の話は、みんな知っている。スミタは専用の裏口から家々に入る。住人とすれちがってはいけないし、言葉を交わすなどもってのほか。不可触というだけでなく、不可視でなければならない。給料として残飯や、ときには古着がゆかに投げられ、あたえられる。人はダリットを触っても、見てもいけない。

たまに、何ももらえない。ジャート族のある一家は、何カ月もまえから何もくれない。スミタはやめたい。あの家には行きたくない、自分たちで糞便の始末をしたらいいんだ、と、ある晩夫のナガラジャンに言った。だが、ナガラジャンは震えあがった。スミタが行かなくなったら、追い出される。自分たちの土地ではないのだ。ジャート族からこのあばら家に火をつけられるだろう。彼らがどんなことでもやりかねないのは、スミタだって知っている。ジャート族に「両足を切ってやる」と言われた同輩がいる。その男は近くの畑でばらばらに切断され、酸で焼かれて見つかった。

そう、ジャート族が何をやりかねないか、スミタはわかっている。

だから次の日も、彼らの家へ行く。

だが今朝は、いつもと違う。スミタは決めたのだ。当然のこととして決断は下った――娘は学校へ行く。ナガラジャンを説得するのはひと苦労だった。それが何になる？ と言われた。読み書きが出来たところで、誰も仕事をくれないだろう。トイレの汲みとりに生まれつき、汲みとりとして死ぬ。それは代々受け継がれるもの、抜けだせない円環。カルマだ、とナガラジャンは言う。

スミタは譲らなかった。次の日も、その次の日も話をした。ラリータを巡回には連れて行かない。自分がトイレを汲みとる姿は見せないし、かつての自分の母のように、娘がどぶに吐く姿は見ない、いいや、そんなこと、スミタはしない。ラリータは学校へ行くのだ。妻の決意の固さに、結局ナガラジャンは折れた。妻のことはよく知っている。おそろしく意志がつよい。十年まえに娶《めと》った、この小柄で褐色の肌をしたダリットの女には、かなわないとわかっている。だから結局は折れる。いいだろう。村の学校へ行って、バラモンに話をしてこよう。

スミタはこの勝利にひっそり微笑んだ。母が自分のために奮闘してくれたらどんなによかったか、学校の門をくぐり、ほかの子供と机を並べられたらどんなによかったか。読み書きと計算ができたら。だが、それはありえなかった。スミタの父はナガラジャンのような善人ではなく、怒りっぽく乱暴だった。母を殴った。ここではみんなそうするように。よく言っていたものだ――妻は夫と対等ではない、夫の持ち物だ。夫の所有物、奴隷だ。夫の言うことに従わなければならない。父は間違いなく、母より先に牛を助けただろう。

スミタは運がいい。ナガラジャンに怒鳴られたことも、殴られたこともない。ラリータが生まれたときも、家におくことに賛成してくれた。このあたりでは、生まれた子が女だと殺される。ラジャスタンの村々では、生後まもない赤ん坊を生きたまま箱に入れ、砂に埋める。ちいさな娘たちは一晩かけて死んでいく。

だけど、うちはそうではない。スミタはラリータを見つめる。娘はあばら家の土間にしゃがんで、ひとつだけ持っている人形の髪をとかしている。美しい娘。品のいい顔立ちで、腰まである長い髪は、スミタが毎朝とかして編む。

わたしの娘は読み書きができるようになる、そう思うと嬉《うれ》しくなる。

そう、今日は生涯忘れられない日になるだろう。

ジュリア

イタリア、シチリア島、パレルモ

ジュリア！

ジュリアは、やっとのことで目を開ける。母の声が下から響く。

ジュリア！
おりといで《シエンディ》！
早く《スピート》！

ジュリアは枕の下に頭をうずめたい。寝足りない。また読書で夜ふかししてしまった。起きなければいけないのはわかっている。呼ばれたら、すぐ駆けつける。相手はシチリアの母なのだ。

ジュリア！

若い彼女はしぶしぶ起きあがりベッドを抜けだし、いそいで服を着て、マンマがじりじりしている台所へおりて行く。妹のアデラはもう起きていて、朝食のテーブルに足をのせ、ペディキュア塗りに余念がない。溶剤のにおいにジュリアは顔をしかめる。母がコーヒーを持ってきてくれる。

父さんはもう出かけたよ。

今朝はあんたが開けるのよ。

ジュリアは作業場の鍵を取って、そそくさと家を出る。

何も食べてないじゃないの。

何か持って行きなさい！

母の言葉を聞き流し、自転車にまたがると、ぐいぐいペダルをこいで遠ざかる。朝の爽やかな空気で、すこし目が覚める。大通りの風が顔と目に吹きつける。市場にさしかかると柑橘《かんきつ》類やオリーヴの香りが鼻につんとくる。ジュリアは、捕れたてのイワシやウナギが盛大に並べられた魚屋の屋台のまえをとおる。加速して歩道にのり、早くも大きな売り声が響くバラーロ《ピアッツァ・バラーロ》広場をあとにする。

ローマ通り《ヴィーア・ローマ》から離れた袋小路に着く。そこが作業場。映画館だった建物を父が買い取って改築したのは二十年まえ——いまのジュリアの年だった。それまでの作業場が手狭になり、移転が必要になったのだ。映画のポスターが貼りだされていた場所が、いまもファサードに見てとれる。アルベルト・ソルディ、ヴィットーリオ・ガズマン、ニーノ・マンフレッディ、ウーゴ・トニャッツィ、マルチェロ・マストロヤンニ……

名優たちのコメディーを観に、パレルモ市民《パレルミッターニ》が映画館につめかけた時代はむかしのこと。いまでは大半の映画館が閉館し、このちいさな映画館も作業場になった。映写室は事務室に改装され、大きなホールには窓がうがたれ、従業員たちの作業に必要な光が採り込まれた。工事はぜんぶパッパが自分でした。この場所は父に似てる、とジュリアは思う。乱雑で温かなところが父みたい。語り草になるほど短気な性格にもかかわらず、ピエトロ・ランフレッディは従業員から慕われ、尊敬されている。頑固一徹《いってつ》だが子煩悩で、娘たちは厳しくしつけられたし、丹念な仕事にこだわるところは父親譲りだ。

ジュリアは鍵を握り、ドアを開ける。ふだんは父がいちばん先に着く。自分で従業員を迎えることにこだわっている。それでこそ、主《パドローネ》ってもんだ、が口癖だ。いつも誰かれとなく、ひと声かけ、気遣い、世話を焼く。だが今日は、パレルモと近郊の美容院へ外回りに出かけた。昼まで帰ってこない。午前中は、ジュリアがここの主だ。

この時間、作業場はひっそりしている。じきに、喧《かまびす》しいおしゃべりや歌声、ときおり起こる大声でざわめくこの空間も、いまは静寂に支配され、ジュリアの足音だけが響く。従業員更衣室まで歩き、自分の名札のついたロッカーに荷物を入れる。仕事着を取りだし、いつものように身にまとう。髪をたばね、きついシニョンにし、器用にピンを刺していく。そして三角巾で頭を覆う。ここでは不可欠の用心だ。自分の髪の毛を、作業場で加工される髪に混ぜてはいけない。こうして身支度をととのえると、もはや社長の娘ではない。従業員のひとり、ランフレッディ社の一員だ。そこにこだわっている。いつも特別あつかいは拒否してきた。

入口のドアが軋《きし》みながら開き、陽気な一団が入ってくる。作業場は一瞬で活気づき、ジュリアが大好きな騒々しい場所に一変する。がやがやと会話がいりまじる喧騒《けんそう》のなか、従業員たちは更衣室へいそぎ、仕事着やエプロンをつけ、おしゃべりしながら持ち場につく。ジュリアもそこにくわわる。アニェーゼはやつれた顔をしている。下の子の歯が生えはじめて、夜むずかったんだ。フェデリカは泣きそうな顔、恋人にふられたのだ。また?! アルダが大声をあげる。明日もどってくるよ、とパオラが元気づける。ここの女たちがともにするのは仕事だけではない。せわしなく手を動かし加工用の毛髪をあつかいながら、男や人生、恋愛について日がな一日話している。ジーナの夫の酒癖が悪いことも、アルダの息子があの欲深な蛸《ピオッヴラ》とつきあっていることも、アレッシアがリーナの元夫とつかのま関係を持っていたことも、そのことでリーナがアレッシアを絶対に許していないことも、みんな知っている。

ジュリアはここの女たちと一緒にいるのが大好きだ。なかには子供のころから知っている者もいる。彼女はここで生まれたも同然なのだ。母は作業場で毛髪を選り分けている最中、いきなり陣痛に襲われた、とよく語る。母はもう作業場で働いていない。目が悪くなり、もっと目の鋭い従業員に持ち場を譲らなければならなかった。幼いジュリアはここで、ときほぐすべき毛髪、洗浄すべき髪のたば、発送すべき注文品にかこまれて大きくなった。バカンスや水曜日には従業員に混じって、その仕事を眺めてすごしたのを憶えている。うごめく蟻《あり》のように、せわしなく動く手を観察するのが好きだった。毛髪をほぐす四角い大櫛《おおぐし》がついた梳毛《そもう》機に、毛髪を投げいれるところ、そのあと架台に固定された洗浄槽――従業員が腰をいためるのを見るに忍びなかった父が発案した自作品――で洗うところを見ていた。ジュリアは窓辺に吊《つ》るし干《ぼ》しされる毛髪のたばを見ては面白がった。まるでインディアンの異様な戦利品、頭皮がひけらかされているみたい。

ここでは時間がとまっているように思うことがある。外では時間が流れていても、作業場のなかでは守られている感じがする。わけもなく、物事がこのまま変わらず、つづいていくと思えるような、心地よくて安心できる感覚。

一家が毛髪《カスカトウーラ》を生業にして一世紀近くになる。抜け毛や切り髪を保存するのはシチリアに古くから伝わる慣習で、それからヘアピースやかつらをつくる。一九二六年にジュリアの曾祖父《そうそふ》が創業したランフレッディ工房は、パレルモではこの業種の最後の生き残りだ。十名いる従業員はみな女性で、毛髪のほぐし、洗浄、加工に熟練し、加工品はイタリア国内はもとよりヨーロッパ全域に発送される。十六歳になった日、ジュリアは高校をやめて父の作業場を手伝うことを決めた。学業をつづけるよう勧めたイタリア語教師をはじめ、教師たちから優秀な生徒とみなされていた彼女なら、そのまま大学に入ることもできただろう。だが進路を変えることは考えられなかった。

伝統というだけでなく、毛髪はランフレッディ家に代々受け継がれてきた情熱だった。どういうわけか、ほかの姉妹はこの仕事に興味をしめさず、ジュリアだけが家業に打ち込んでいる。フランチェスカは若くして結婚し、仕事はしていない。いまでは四人の子持ちだ。末っ子のアデラはまだ高校生、ファッション業界かモデル業、とにかく家業とは別の道をめざしている。

特注品の微妙な色味を実現するため、パッパには秘伝の技術があった。祖父、そして曾祖父から受け継がれ、けっして名が明かされない天然素材から調合される。父はその秘伝をジュリアに教えた。父が実験室《ラボラットリオ》と呼ぶ屋上に、ジュリアはよく連れて行かれた。そこからは海が見え、反対側にはペレグリーノ山が見える。化学教師みたいな白衣を着たパッパは、微調整をほどこすため、大きなたらいの中身を沸騰させる。毛髪を脱色し、そのあと色が流れ落ちないように着色できる。ジュリアは父の作業を、どんな些細なしぐさも見落とさず、何時間でも観察する。毛髪を注意深く見守る父は、パスタを見守るマンマのよう。木製のスプーンでかきまぜてはしばらくおき、それを飽きもせずくりかえす。父の毛髪のあつかいには忍耐と厳密さ、そして愛がある。この髪はいずれ誰かが身につけるんだ、敬意をもってあつかわなければ、と父が言ったことがある。ときどきジュリアはかつらをつけることになる女性を夢想する。ここの男たちは自信満々、ある種の男らしさにこだわっていて、かつらなどつけそうにない。

なぜか、ランフレッディ家秘伝の技術でも言うことをきかない毛髪がある。たらいに浸けられた毛髪は、乳白色になって引きあげられ、着色できるようになるが、ごくわずかの個体はもとの色を保っている。そんな跳ねっ返りは頭痛の種だ。美しく着色された髪に、頑《かたく》なな黒や茶色が混入しているのに客が気づくなど、あってはならない。目がいいジュリアは、この厄介な作業をまかされている。毛髪のなかから、頑固者を一本いっぽん取りのぞく。毎日、たえず細心の注意で追いつめる、まさに魔女狩りだ。

パオラの声で夢想から引きもどされる。

あんた《ミーア・カーラ》、疲れた顔して。

また一晩中、読んでたね。

ジュリアは否定しない。パオラには隠し事ができない。作業場の女たちのなかでは最年長だ。みんなからおばあちゃん《ノンナ》と呼ばれている。ジュリアの父を子供のころから知っている。靴紐《くつひも》を結んであげていたそうだ。七十五歳はなんでもお見とおし。手はすりきれ、皺《しわ》だらけの肌は羊皮紙のようだが、目はあいかわらず鋭い。二十五歳で寡《か》婦《ふ》になり、四人の子供は女手ひとつで育て、生涯、再婚話はしりぞけとおした。理由を尋ねられると、自由が惜しくて手放せないからだと答える。女は結婚すると、いろいろ言い訳しなくちゃならない。なんでも好きなことしたらいい、だけど、あんた《ミーア・カーラ》、結婚だけはするんじゃないよ、といつもジュリアに言う。ノンナの父親が勝手にまとめた縁談についてはよく話してくれる。婚約者の家はレモン園を営んでいた。ノンナはレモンを収穫するため、結婚式当日も働かなければならなかった。田舎では休んでいる暇はなかった。夫の服や手に、いつも漂うレモンのにおいを憶えている。数年後、夫は肺炎で死に、四人の子供をかかえて残された彼女は、町へ出て仕事を探さなければならなかった。ジュリアの祖父に出会い、雇い入れられた。こうして五十年間ここで働いている。

本のなかにお婿さんはいないわよ！　アルダが大声で言う。

そんなことで、かまうんじゃないよ、とノンナがたしなめる。

お婿さんを、ジュリアは探していない。同じ年ごろの若者に人気のカフェにも、夜の盛り場にも行かない。マンマは「うちの娘は人みしりで」とよく言う。ジュリアはディスコの喧騒より市立図書館《ビブリオテカ・コミュナーレ》の静寂が好きだ。毎日、昼休みに行く。飽くことを知らない読書家で、壁にぎっしり本が並んだ大きな閲覧室の、ページをくる音だけが空気を乱す静けさが好きだ。どこか宗教的で、神秘的ともいえる内省の雰囲気がしっくりくる。本を読むと時間がたつのも忘れる。子供のころ、作業場の女たちの足もとにすわって、エミリオ・サルガーリをむさぼり読んだ。その後、詩に出会った。ウンガレッティよりカプローニが好きで、モラヴィアの散文詩を好み、とりわけパヴェーゼは愛読書だ。本さえあれば一生、誰もいらないかもしれないと思う。食べるのを忘れることもある。昼休みからすきっ腹でもどることも珍しくない。そんなわけで、人がカンノーリ（リコッタチーズや砂糖漬け果物の入った、シチリアの筒状菓子）をむさぼるように、ジュリアは本をむさぼる。

その日の午後ジュリアがもどると、作業場はいつになくひっそりしている。入っていくと、みんなの視線がいっせいに、こちらに向けられる。

あんた《ミーア・カーラ》、ノンナが別人みたいな声で言う。お母さんから電話があったの。

パッパが大変なことになった。

サラ

カナダ、モントリオール

アラームが鳴ってカウントダウンが始まる。起きた瞬間から就寝まで、サラの生活は時間との戦いだ。目が覚めるや、頭脳は瞬時にコンピュータのプロセッサーのように稼働しはじめる。

朝は、五時起床。それ以上は眠れない。一秒も無駄にできない。サラの一日は分刻み、数学の授業のため子供に買ってあげるミリ方眼紙のように、ミリ単位で進行する。法律事務所以前、子育てまえ、責任あるポスト就任まえの、気楽な時代は遠いむかしのこと。あのころは電話一本で、一日の流れを変えられた。「ねえ今晩……しない？」「遠出しない？」「……へ行こうか？」。いまはすべて予定、計画、想定されている。もう即興はなし、毎日、毎週、毎月、一年中、役どころを覚え込み、リハーサルをして演じる。一家の母、上級管理職、ワーキングガール、イットガール、ワンダーウーマン……、サラのような女たちに、女性誌はたくさんのレッテルを貼りつける。彼女たちが持ち運ぶバッグと同じくらいたくさんのレッテル。

サラは起きてシャワーを浴び、服を着る。しぐさに無駄はなく効率的で、軍楽隊のように統制されている。台所へおり、朝食のテーブルをいつもと同じ順序でととのえる。牛乳／ボウル／オレンジジュース／ココア／アンナとシモンのためにパンケーキ／エタンにはシリアル／自分の二杯分のコーヒー。それから子供たちのところへ行き、まずはアンナ、次に双子を起こす。服はまえの晩にロンが用意しておくから、子供たちは顔を洗ってそれを着ればいい。その間、アンナはお弁当を詰め、これらが展開する目まぐるしいスピードで、サラのセダンは町を疾走し、シモンとエタンを小学校、アンナを中学校で降ろす。

キスと「忘れ物ないね」「それじゃ風邪引くでしょ」「数学のテストがんばって」

「後ろで騒がないの」「だめ、ジムには行きなさい」、そして最後の決まり文句「こんどの週末は、それぞれのパパの家に行くよ」のあと、ようやくサラは法律事務所へ向かう。

八時二十分きっかり、駐車場に入り、自分の名が記された「ジョンソン＆ロックウッド法律事務所　サラ・コーエン」のプレートまえに車をとめる。毎朝、誇らしく眺めるこのプレートがしめすのは、専用の駐車スペースだけではなく、彼女には地位が、役職が、世界に居場所があること。人生をかける、やりがいのある仕事。勝ちとった成功とテリトリー。

エントランスホールで、まずは守衛、次に受付係から、いつものようにあいさつされる。ここでは、みんなから一目おかれている。サラはエレベータに乗り、九階のボタンを押し、足ばやに廊下をぬけてオフィスへ向かう。閑散としている。サラはしばしば、いちばん先に到着し、最後に帰る。キャリアを築くにはそれなりのことをしなければ。町で評判の権威ある法律事務所ジョンソン＆ロックウッドで出資《エクイティ》パートナー弁護士、サラ・コーエンとなるにはそれなりの対価を払わなければならない。なるほどアソシエイト弁護士の過半数は女性でも、男性優位と噂《うわさ》されるこの法律事務所で、パートナー弁護士の地位にのぼりつめた女性はサラが最初だ。ロースクールの女友達はガラスの天井にぶちあたった。長く厳しい学業を修了したにもかかわらず、あきらめて転職した者もいる。だが、サラは違う。サラ・コーエンは違う。超過勤務と週末出勤、徹夜の口頭弁論リハーサルで武装し、天井など爆破、粉砕した。十年まえ、大理石のエントランスホールに初めて入ったときのことを憶えている。採用面接を受けに来た彼女のまえには男性面接官が八人、そのなかに、創設者にして首席《マネージング》パートナーのジョンソンその人が、おそれ多くもじきじきにオフィスから会議室に降臨していた。彼は無言のまま厳しい目でサラを見据え、履歴書をくまなく読みながら、なんのコメントもしなかった。サラは動揺していたが、そんなそぶりは微塵《みじん》も見せなかった。仮面をつけるのはお手のもので、年季がはいっている。面接を終えた彼女は漠然と気落ちしていた。ジョンソンからは興味をしめされず、質問もされず、終始ポーカーの達人さながらの無表情で、やっと口を開けば厳しい口調の「さようなら」では、とても見込みがないと思われた。サラはアソシエイト弁護士の志願者が多いのを知っていた。ちいさな無名の法律事務所から応募した彼女には、なんの保証もない。ほかの志願者はもっと経験があって積極的で、たぶん運もあるだろう。

あとになって知ったのは、候補者のなかからサラを選び、推したのはジョンソンその人で、これに反対したのがガリー・クルストだった——彼女が嫌いなのか愛《いと》しすぎるのか、ひょっとして嫉妬か欲情でもしているのか、理由はどうあれ何かにつけて、やみくもに敵意をむきだしにするガリー・クルストには、慣れなければならなかった。女性に脅威《きょうい》をおぼえ、女性を毛嫌いする野心家の男は初めてではない。サラはそんな男たちがまわりにいても歯牙にかけずにきた。彼らを路肩《ろかた》に寄らせて、自分の道をきりひらいてきたのだ。サラはジョンソン&ロックウッドに入ると、馬が疾駆する勢いで階級をかけのぼり、法廷でも名声を確固たるものにしていった。裁判所は闘争の場、縄張り、闘技場だった。そこに入ると女戦士、情け容赦のない女闘士となった。口頭弁論では、ふだんの声と微妙に異なる低いおごそかな声をつかった。表現は簡潔で鋭く、切れ味抜群のアッパーカットのようだった。敵の論点のわずかな隙や弱みをすかさず突いて、ノックアウトした。担当案件はすべて頭に入っていた。虚を突かれたり、恥をかかされたことはない。弁護士免許取得後に勤めたウィンストン通りのちいさな弁護士事務所にいたときも含めて、たいがいは勝訴してきた。称賛され、恐れられた。四十歳まぢかにして、同世代の弁護士のサクセスモデルとなっていた。

法律事務所では、サラが次期首席パートナーになると噂されていた。ジョンソンは高齢で後継者が必要だ。パートナー弁護士なら誰もが欲する地位。自分がその地位につけたら、とみんなが想像していた。カリフの座をねらうカリフ候補たち。それは神格化されること、弁護士界の最高峰《エヴェレスト》だった。サラには選ばれる理由がすべてそろっていた。模範的な経歴、強固な意志、仕事をこなす能力はほかの追随を許さない。体育会系で、病的な飢餓状態のように、つねに駆りたてられ、動かずにはいられないのだ。ひとつの山頂を制したら、次の山頂をめざす登山家だった。彼女にとって人生とはそういうもの、頂点に登りつめてどうするかはわからなくても、それは長い登攀《とうはん》のようなものだった。その日、楽観こそしていないものの、サラは頂点をまえにしていた。もちろん、キャリアのためには多くを犠牲にしてきた。徹夜はざらだったし、二回の結婚も破綻した。男は自分をたててくれる女が好きなんでしょ、とサラはよく言ったが、弁護士がふたりいたら、ひとりはよけいだともわかっていた。弁護士カップルが長つづきしないという統計を、めったに読まない雑誌で読んだことがある。当時の夫に記事を見せて、一緒に笑ったその翌年、ふたりは別れた。

法律事務所の仕事に忙殺され、サラは子供たちとすごす機会の多くを断念せざるをえなかった。遠足、年度末のお楽しみ会、ダンスの発表会、誕生会、バカンスを見合わせるのは、自分で思っている以上に気が重かった。そんな機会はあとから取りもどせない、そう思うとよけい心が痛んだ。働く母親の罪悪感を身にしみて感じていた。アンナが生まれたときから、生後五日の赤ん坊をベビーシッターにあずけ、当時の勤務先事務所の緊急の用事を片づけに行ったあの散々な日以来、罪悪感にさいなまれている。サラが生きる世界に、おろおろと涙にくれる母親の居場所がないことは、すぐ理解した。厚いファンデーションで涙を隠して出勤した。引き裂かれる思いをしても、誰にも打ち明けられなかった。同時に、夫の軽さを羨んだ。不思議なことに、こんな感情とは無縁に見える男たちのあの驚くべき身軽さはどうだろう。憎らしいほど気楽に家を出ていく。毎朝、彼らが書類だけ持って家を出るのにひきかえ、彼女にはどこへ行くにも罪悪感が亀の甲羅のようについてまわる。はじめはそんな感情にあらがい、拒絶し、否定しようとしたが、だめだった。結局、折り合いをつけて生活していくことにした。罪悪感は、呼んでもいないのに、どこにでも顔を出す旧友だった。畑に立つ看板、顔の真ん中のいぼ、いくら不恰好《ぶかっこう》で役立たずでも、そこにある。一緒にやっていくしかなかった。

ほかのアソシエイト弁護士やパートナー弁護士に、サラはなんのそぶりも見せなかった。子供の話をすることは、自分に禁じていた。話にも出さなければ、オフィスに子供の写真もおかない。小児科の受診や学校からの呼び出しで、どうしても席をはずさなければならないときは、「外でミーティングがある」と言った。早退するのにベビーシッターの問題をもちだすより、「一杯やりにいくから」と言ったほうが、とおりがいいのを知っていた。嘘、作り話、粉飾のほうが、子供がいると白状するよりまだましだ。子供とは、別の言い方をすれば、縛り、しがらみ、制約。それは、仕事への歯止めであり、キャリアアップの妨げだった。まえの勤務先で、パートナー弁護士に昇進したのもつかのま、妊娠が発覚し、ヒラの弁護士に降格された女性のことを憶えている。ひっそりとした不可視の暴力、誰も非難しないありふれた暴力だった。サラはそこから教訓を得た。二回の妊娠は上司に知らせなかった。驚いたことに、長いこと腹はふくらまなかった。妊娠七カ月まで、双子の妊娠ですら外見からわからず、まるで胎内の子供たちは出しゃばらないほうがいいと察したかのようだった。彼女と胎児が共有するちいさな秘密、暗黙の盟約だった。産休は最低限にとどめ、帝王切開から二週間後にはもとどおりの体型で、疲れた顔は念入りに化粧し、完璧な微笑を浮かべて職場に復帰した。毎朝、法律事務所の駐車場に入るまえに、近くのスーパーで車をとめ、後部座席からふたつのチャイルドシートをはずし、トランクに隠した。もちろん法律事務所の人たちには子持ちなのを知られていたが、けっして思い出させないように気をつけていた。おまるや歯が生えはじめた話は、秘書にはできても、パートナー弁護士には許されない。

こんなふうに、サラが仕事と家庭のあいだに機密性の高い壁を築くことで、ふたつの生活は、けっして交わらない平行線のように、別々に進行した。壁はもろく不安定で、ときにひびが入り、ひょっとしたら、いずれ倒壊するかもしれない。そんなことはかまわない。自分の生き方とこれまで築きあげたものを、子供たちは誇りに思ってくれるはず、と考えようとした。子供たちとすごす時間は、量より質でうめあわせようと努力した。子供たちと一緒のとき、サラはやさしく思いやり深い母親だった。それに、残りはすべてロン、子供たちがつけたあだ名では「マジック・ロン」にまかせられる。本人はこのニックネームに笑ったが、それは肩書きみたいに定着した。

サラがロンを雇い入れたのは、双子が生まれて数カ月後、それまでのベビーシッターとひと悶着《もんちゃく》あったからだ。ただでさえ遅刻魔でやる気のなかったリンダが、重大なミスを犯したので、即クビにしたのだ。サラが忘れた書類をとりに予告なしに帰宅すると、当時、生後九カ月のエタンがベッドにいて、家はからっぽだった。リンダは一時間後、何食わぬ顔でシモンと帰ってきた。問いただすと、双子を一緒に散歩に連れ出すのは大変で、一日おきに交代で散歩させていたと自己弁護した。サラはその日のうちに解雇を言い渡した。法律事務所には重度の坐骨《ざこつ》神経痛と言って、つづく数日はベビーシッターの面接をし、多数の応募者のなかにいたのがロンだった。この手の職に男性が応募してきたのは意外で、はじめは除外しようとした——新聞を読むといろいろ取り沙汰されているし……。それに、元夫はふたりとも、おむつ交換や授乳がうまかったとはお世辞にも言えず、男はこのような仕事に向いていないようだと思っていた。同時に、ジョンソン&ロックウッドの採用試験を思い出し、この業界で地位をつかむため、女の自分がどれだけ犠牲を払ってきたかを思った。結局、考えなおした。ロンにだって、ほかの応募者と同じ資格があるはずだ。彼の履歴書は文句のつけようがなく、推薦状も確かだった。自身が二児の父だった。住まいが近かった。このポストにもとめられる条件はすべてそろっていた。サラが設けた二週間の試用期間で、ロンの完璧さが明らかになった。子供たちと何時間でも遊び、料理の腕は見事で、そうじ洗濯に買い物、と日常生活についてまわる雑用から彼女を解放してくれた。双子も当時五歳のアンナも彼になついた。サラは双子の父親である二番目の夫と別れたばかりで、自分たちのような母子家庭で、男性が重要な役割を演じるのは悪くないと考えた。無意識に、男を雇えば母親の地位を奪われずにすむという安心感があったのかもしれない。こうしてロンは、サラの生活にも子供たちにも、なくてはならないマジック・ロンとなった。

サラが鏡を見るとき、そこにうつるのは、すべてを手に入れた四十歳の女性だった。

三人のすこやかな子供、高級住宅地にある手入れの行きとどいた家、誰もが羨むキャリア。雑誌でよく見る、充実して微笑む女性そのものだ。彼女の傷は見えない、完璧な化粧と高級ブランドのスーツに隠されて、外からはほとんどわからない。

だが、それはあった。

国じゅうにいる大勢の働く女性と同じく、サラ・コーエンはまっぷたつに引き裂かれていた。爆発寸前の爆弾だった。

スミタ

インド、ウッタル・プラデーシュ州、バドラプールの村

おいで。
顔を洗って。
ぐずぐずしないの。

今日だ。遅れてはいけない。

あばら家の裏庭で、スミタはラリータが顔を洗うのを手伝う。娘は柔順にされるがまま、水が目に入っても文句を言わない。スミタは娘の髪のからまりをほどく。腰ま

である髪は切ったことがない。ここの伝統で、女たちは生まれてからずっと髪を切らない。なかには一生切らない者もいる。髪を三つのたばに分け、器用な手つきで三つ編みにする。それから、幾晩もかけて娘のために縫ったサリーをさしだす。布は近所の女からもらった。ここの小学生が着る制服を買う金はないが、そんなことはかまわない。学校に入るわたしの娘は美しい、と思う。

夜明けに起きだし、娘の弁当をつくった。給食はなく、子供たちは弁当を持参する。米を炊き、大事な日のためにとっておいたカリーをすこしくわえた。学校の初日、ラリータにはたくさん食べてほしい。読み書きを覚えるには力がいる。料理はありあわせの弁当箱に詰めた。念入りに洗った鉄の箱で、飾りもつけた。ほかの子供のまえでラリータに恥をかかせたくない。ほかの子供のように、娘は読めるようになる。ジャート族の子供のように。

粉をつけて。

祭壇のお世話をして。

早く。

ひと間だけのあばら家は台所であり寝室である。神殿でもあり、ちいさな祭壇をきれいにするのはラリータの仕事だ。ろうそくに火をともし、神々の絵姿のそばにおく。お祈りのあとに鈴を鳴らすのも彼女の役目だ。スミタは娘と一緒に、ヴィシュヌ神に祈りを唱える。生と創造の神、全人類の守り神ヴィシュヌは世界の秩序が乱れると、それを鎮《しず》めに化身となって地上に降臨する。魚、亀、猪《いのしし》、獅子《しし》男、そして人間にすら姿を変える。ラリータは夕食後、ちいさな祭壇のそばにすわり、母が語るヴィシュヌの十化身の話を聴くのが好きだ。初めて人間に姿を変えたとき、ヴィシュヌはバラモン階級を擁護するため、クシャトリヤ階級の血で五つの池を満たした。この話を聴くとラリータはいつも身震いした。ちっぽけな生き物が、ひょっとしてヴィシュヌ神の化身だったら……、そう考えて、蟻一匹、蜘蛛《くも》一匹踏まないように気をつけてひそかに遊ぶ。指先にのるほどちっぽけな神……。そう考えると楽しくもあり、恐ろしくもある。ナガラジャンも、晩に祭壇のそばでスミタの話を聴くのが好きだ。ぼくの妻は字が読めないのに、すばらしい語り部だ。

今朝はお話をしている暇はない。ナガラジャンはいつものように日の出とともに家を出た。かつての父親と同じく、彼はネズミ捕りだ。ジャート族の畑で働いている。先祖代々受け継がれる伝統の技によって、ナガラジャンは素手でネズミを捕まえる。ネズミは農作物を食べ、穴を掘って土壌をもろくする。ナガラジャンは地面のごくちいさなネズミ穴を、特徴から見分けることを覚えた。大切なのは注意深さだ、と父に言われた。それと忍耐。怖がるな。最初は嚙《か》まれる。そうやって覚えていくんだ。八歳のとき、初めて穴に手をさし入れて嚙まれたのを憶えている。猛烈な痛みがはしって、親指と人差し指のあいだの、皮膚が薄く柔らかい部分をネズミに嚙まれていた。ナガラジャンは悲鳴をあげ、血まみれの手を引きぬいた。父は笑った。やり方がまずい。もっとすばやく、不意を突くんだ。もういちどやれ。ナガラジャンは怖くて涙をこらえた。もういちど！　六回やって六回嚙まれたあと、巨大なネズミを引きぬいた。父は尻尾をつかんで頭を石に打ちつけ砕いてから、息子に手渡した。父は「そうだ」とだけ言った。ナガラジャンは死んだネズミを戦利品のようにたずさえて、家へ帰った。

母はまっ先に息子の手を気遣った。そのあとネズミを炙《あぶ》った。それは家族の夕食になった。

ナガラジャンのようなダリットには給料が支払われず、自分で捕まえたものだけがもらえた。それは恵まれたこと——畑の上にあるものも下にあるものもジャート族のものならば、ネズミだってジャート族のものなのだ。

炙ればまずくない。鶏肉に似ているとも言われる。貧乏人の鶏、ダリットの鶏だ。一家が口にできる唯一の肉。父はネズミを丸ごと、皮も毛も、こなれの悪い尻尾をのぞいてぜんぶ食べた、とナガラジャンは語る。父はネズミを棒に突き刺し、火にかざして炙ってからぺろりと平らげた。その話をするとラリータは笑った。スミタは皮を剝《は》いだほうがいいと思う。一家は毎晩、その日捕れたネズミと飯を、スミタが捨てずにとっておく米のゆで汁をたれにして食べる。ときには、スミタがトイレの汲みとりをした家庭でもらってきて、隣人と分けあう残飯もある。

おまえのビンディ。

忘れないで。

ラリータは身のまわり品からマニキュアの小瓶を取りだす。道ばたで遊んでいたとき見つけた。通行人の女のバッグから落ちたのを拾った、とは母に言えなかった。ラリータは、転がって溝に落ちた小瓶を拾って、宝物のように握りしめて隠した。その晩、拾い物を家に持ち帰り、道ばたで見つけたと言いながら、よろこびと恥ずかしさで胸が一杯だった。もし、ヴィシュヌ神に知られていたら……。

スミタは娘の手から小瓶を受け取り、その額に緋色《ひいろ》の円を描く。きれいな円にするにはこつがある。指先でそっとたたいてから、粉で定着させる。ここで「第三の目」とも呼ばれるビンディは、エネルギーをため集中力を高める。今日のラリータには必要だ、と母は思う。娘の額のきれいな円を眺めてにっこりする。ラリータは可愛らしい。繊細な顔立ちで、瞳は黒く、唇は反りかえった花びらのふちのよう。緑色のサリーを着た娘は美しい。これから登校する娘をまえに、スミタは誇らしい気持ちで胸が一杯になる。たとえネズミを食べてはいても、娘は読めるようになる、と自分に言いきかせながら、その手を取って大通りへ向かう。道路を渡るまではついていてあげよう。朝からトラックのラッシュで、すごいスピードだし、ここには交通標識も横断歩道もない。

ラリータは歩きながら不安げに母を見あげる。娘が怯《おび》えているのはトラックではなく新しい世界、両親にとっても未知の世界、そこへひとりで足を踏み入れなければならないこと。スミタは娘の哀願する視線を感じる――引き返し、籠を持って、娘を一緒に連れて行くほうがどんなにたやすいか……。いいや、ラリータがどぶに吐く姿を見はしない。娘は学校へ行く。読み書きと計算ができるようになるのだ。

まじめにね。

言われたとおりにするんだよ。

先生の話をよくお聴き。

娘がふいに途方にくれた顔をする。それがあまりに頼りなげで、スミタはできるものなら娘を、いつまでも抱きしめていたくなる。だが、ぐっと我慢する。ナガラジャンが話しに行ったとき、教師は「よろしい」と言ったのだ。スミタが一家の貯えすべて――このときのために、何カ月もまえからこつこつ貯めてきた小銭――を入れた箱を教師は見つめ、これをつかんで「よろしい」と言った。すべてがこのように運ぶのを、スミタは知っている。ここでは金がものを言う。帰宅したナガラジャンは妻に朗報をつたえ、一緒によろこんだ。

母娘は道を渡る。渡りきったら、もうそこで娘の手を放し、送りだす。言いたいことはたくさんある。よろこぶのよ、おまえはわたしみたいな人生は送らない、健康に暮らせる、わたしみたいな咳はしない、もっといい暮らしをして、もっと長生きする、尊敬もされるだろう。しつこくおぞましいこんな悪臭をさせないで、堂々と生きるんだ。誰からも、犬みたいに残飯を投げあたえられない。もう目を伏せたり、頭を下げたりしなくていいんだ。このようなことすべてを娘につたえたい。だが、どんな言葉で言えばいいのか、この願い、途方もない夢、腹のなかで羽ばたくこの蝶のことを、娘にどう言いあらわしてよいかわからない。

だから、娘のほうにかがみ込んで、ただこう言う。行きなさい。

ジュリア

イタリア、シチリア島、パレルモ

ジュリアは、はっと目覚める。

父の夢を見ていた。子供のころ、父の外回りについて行くのが好きだった。早朝、一緒にヴェスパに乗る。後ろではなく、まえ、父の膝に乗った。髪をなびかせる風、スピードが生みだす自由と果てしなさの酔うような感覚が何よりも好きだった。怖くはなかった。父の腕にかこまれ、危ないことなど何もない。下り坂では快感と興奮に大はしゃぎした。シチリアの海岸に日が昇り、眠りから覚めた下町が、伸びをするように活気づいてくるのを眺めた。

　ジュリアはドアの呼び鈴を鳴らすのが、とりわけ好きだった。おはようございます。毛髪《カスカトウーラ》の回収です、と誇らかに告げた。ときに女たちは髪の入った袋をさしだしながら、菓子や絵をくれた。受け取った袋を誇らしくパッパに渡した。父はかばんから鉄製のちいさな秤《はかり》を取りだした。父がどこにでも持ち歩くこの秤は、祖父、そして曾祖父から譲り受けたものだ。髪の重さをはかって値をつけ、小銭を渡した。かつて、髪の毛はマッチと交換されていたが、ライターが普及し、物々交換の伝統はとだえた。いまは現金払いだ。

　部屋からおりるのが億劫《おっくう》な老人たちは、自分の髪の毛を入れた籠をロープの先につけておろした、と父は笑いながら話してくれた。父は身ぶりであいさつし、髪の毛を取り、金をのせると、籠はまたロープで引きあげられた。

　話してくれた父の笑顔を、ジュリアは思い出す。

では《アリヴェ》また《デルチ》！　夢のなかで父娘は次の家へ向かう。美容院では大量の毛髪が手に入る。ジュリアは、希少で高価な長い三つ編みを受け取るときの、父の表情が好きだった。重さと長さをはかり、その手触りや密度を確かめた。金を払って礼を言い、その場をあとにした。早くしなければ。ランフレッディ工房の契約納入者はパレルモだけで百を下らないのだ。いそげば昼食に帰宅できる。

つかのまの残影。ヴェスパに乗る九歳のジュリア。

終わったばかりの夢と入り混じったまま、現実がはっきりした像をなかなか結べないようだった。

やはり本当なのだ。昨日パッパが外回り中、事故にあった。理由はわからないが、ヴェスパが道をそれたのだ。かよい慣れているはずの道なのに。きっと動物が道を横切ったんだろう、でなきゃ失神か、と救急隊員は言っていた。皆目わからない。いま父はフランチェスコ・サヴェリオ病院で生と死の境をさまよっている。医者は明言を避ける。マンマは最悪の場合にそなえるようにと言われた。

最悪の場合なんて、ジュリアには考えられない。父親とは死なないもの、永遠のもの、岩であり大黒柱、自分の父ならなおさらだ。ピエトロ・ランフレッディは頑丈で、百までだって生きられる、と友人のシニョレ医師は父とグラッパを飲みながら言ったものだ。陽気な楽天家ピエトロ、人生を楽しみ、上等のワインが大好きなあのパッパ、一家の主にして経営者、怒りっぽくも情熱家、そんな大好きな父がいなくなるなんて、ありえない。いまはだめ。こんなかたちではだめ。

今日は聖《サンタ》ロザリア（パレルモの守護聖女、シンボルはバラ）の祭礼だ。なんて残酷な皮肉、とジュリアは思う。この日は、パレルモ市民が嬉々《きき》として守護聖女をおまつりして練り歩く。例年のように、祭礼《フェスティーヌ》は大賑《おおにぎ》わいとなるだろう。しきたりどおり、父は従業員に一日暇を出し、祭りに参加できるようにした。ヴィットーリオ・エマヌエーレ通り《コルソ・ヴィットーリオ・エマヌエーレ》を練り歩き、夜にはイタリコ競技場《フォロ・イタリコ》で花火が打ち上げられる。

ジュリアはお祭り気分ではない。通りで歓喜にわく群衆をよそに、母と姉妹と一緒に、父の見舞いに行く。病床の父は苦しそうではない――そう思うと、すこし慰められる。たくましかった体が、いまは頼りなげで子供のよう。ちぢんだみたいにちいさく見える。魂が抜けると、そうなるのか？　縁起でもない考えをいそいでふり払う。父はここにいる。まだ生きている。そのことだけ考えよう。医者によれば脳挫傷《のうざしょう》。つまり、どうなるかわからないということ。助かるのか死ぬのか、誰にもわからない。本人だって、どっちつかずに見える。

お祈りしなくては、とマンマは言う。その朝、ジュリアと姉妹は聖ロザリアの行列に一緒に来るよう母に言われる。バラの聖女は奇跡を起こす、その証拠に、むかしこの町をペストから救ってくれたのだ、お願いに行かなければ、と母は言う。ジュリアは宗教的な熱狂は嫌いだし、何が起こるかわからない人ごみも好きではない。それに、何も信じていない。もちろん洗礼は受けたし、聖体拝領《せいたいはいりょう》もした。伝統的な白い衣装を着て、家族一同が敬虔《けいけん》な面持ちで見守るなか、初めて聖体の秘跡《ひせき》を授かった日のことを憶えている。それは、人生で最もすばらしい思い出のひとつだ。だが、今日は祈る気がしない。パッパのそばについていたい。

　母は譲らない。医者がお手上げなら神様に頼るしかない。母があまりに自信ありげで、ジュリアはふいに、母の信心、疑うことを知らない素朴な信心が羨ましくなる。母ほど信心深い人はいない。毎週、教会に行き、さっぱりわからないラテン語のミサに参列する——神様を讃《たた》えるのに、理解する必要はない、と言っている。ジュリアは結局、一緒に行くことにする。

　母たちと連れだって、大聖堂と四辻《クアットロ・カンティ》のあいだで聖ロザリア崇拝者がひしめく行列にくわわる。通りにはバラの聖女の巨大な像が担ぎだされ、祈りを捧《ささ》げる人でごった返している。七月のパレルモは暑く、耐えがたい熱気が町や通りに充満している。人ごみのなかでジュリアは息がつまる。耳鳴りがし、目がかすむ。

　パッパの具合を尋ねてきた隣人——ニュースはあっというまに近隣に広まった——と話すため、母が立ちどまった隙に、ジュリアは行列を抜けだす。日陰の路地に避難し、水飲み場で涼をとる。ひと息つく。気をとりなおすと、そう遠くないところから大声が聞こえてくる。制服の憲兵隊《カラビニエリ》のふたりが、浅黒い肌の男を怒鳴りつけている。がっしりしたその男は黒いターバンをしていて、憲兵からそれをとるように命じられている。男は異国風のアクセントのある完璧なイタリア語で抗議する。正規のヴィザはある、と身分証をしめすが、憲兵は耳を貸さない。どうしても従わないなら連行するといきりたつ——かぶり物の下に武器を隠しているかもしれない。人出の多い今日のような日に油断は禁物だ。だが男も態度を変えない。ターバンは宗教的なもので、公の場ではずすのは禁じられている。それに、身元確認に支障はないはず、身分証の写真もターバン姿なのだから——イタリア政府がシク教徒に認める例外措置だ。ジュリアは当惑しながらやりとりを見守る。男は美しい。ひきしまった体つきに品のある顔立ち、肌は浅黒く、瞳は不思議なほど色が薄い。年は三十になるかならないか。憲兵は声を荒らげ、ひとりが男に手をかける。男はふたりに拘束され、警察署のほうへ連れて行かれる。

ターバンの男は抵抗しない。威厳はあるがあきらめたふうで、憲兵にはさまれてジュリアのまえをとおっていく。一瞬、ふたりの目が合う。ジュリアは目を伏せない――――ターバンの男もだ。ジュリアは、男が曲がり角に消えるまで見つめている。

何《ケ・》してんの《ファーィ》?!

フランチェスカが後ろから来て、ぎょっとする。

探し回ったのよ！
行くわよ《アンディアーモ》！　ほら《ダーィ》！

ジュリアはしぶしぶ姉のあとについて行列にもどる。

夜、なかなか寝つけない。浅黒い肌をした男が目に浮かぶ。彼がどうなったか、憲兵隊に何をされたか、気になって仕方がない。嫌がらせをされたり、暴力をふるわれたりしなかっただろうか？　強制送還されていないだろうか？　いくら憶測しても堂々巡り。何より悩ましい問題は——自分が割って入るべきだったか？　だが何ができたろう？　ただ傍観していたことに罪悪感をおぼえる。ターバンの男の身の上が、どうしてこんなに気になるのかわからない。見つめられたとき、不思議な感情にとらわれた——初めての感情。これは好奇心？　それとも感情移入？

でなければ、彼女には名づけようのない感情。

サラ

カナダ、モントリオール

　サラは倒れた。法廷で口頭弁論の最中だった。まず口をつぐみ、どこにいるのか、ふいにわからなくなったかのように、あたりを見回してあえいだ。青白い顔で、唯一、不調をしめす手の震えにもかかわらず、弁論をつづけようとした。すると視界がかすんで、暗くなり、息がきれた。心拍が遅くなり、まるで河の水が引くように、顔から血の気が引いた。揺るがないと言われていた世界貿易センターのツインタワーのように、サラはその場にくずおれた。静寂のうちに倒れた。うめきもしなければ、助けももとめなかった。音もなく、トランプでできた城のように、ほとんど優雅に倒れた。

再び目を開けると、制服の救急隊員にのぞき込まれている。

気を失ったんですよ、奥さん《マダム》。これから病院に搬送します。

マダム、と言われた。サラは完全に意識を取りもどしていなかったが、細かい点を聞き逃さなかった。マダム呼ばわりされるのは大嫌い。こう呼びかけられて、頬を張られたように、はっとする。法律事務所では誰もが知っている。サラを呼ぶときは先生かマドモアゼルをつけ、けっしてマダムと呼んではならない。二度結婚し、二度とも離婚し、未婚も同然だ。それにサラはこの言葉を忌み嫌っている。それはつまり、あなたはもう若い女性でもお嬢さんでもない、そのあとのカテゴリーだ、ということ。アンケートにある年代チェックを唾棄《だき》していた。三十から三十九歳という誘惑的な年代をあきらめ、やや魅力に欠ける四十から四十九歳へ移行しなければならなかった。気づけば四十代になっていた。たしかに、かつて三十八歳だったし、三十九歳ですらあったが、四十なんて、そんな年は本気にできなかった。こんなに早く来るとは思ってもみなかった。「誰でも四十を過ぎたら若くない」というココ・シャネルの言葉を雑誌で読んだことがある。雑誌はパタンと閉じた。「だけど、何歳だってたまらなく魅力的になれる」と書かれた、つづきを読む暇はなかった。

マドモアゼルですとサラは身を起こし、そくざに訂正する。立ちあがろうとするが、救急隊員に、やさしくも有無を言わせぬしぐさで制止される。さっきまで弁論していた訴訟をもちだし、サラは抗議する。緊急で最重要の訴訟なのだ。訴訟はどれも緊急で最重要であるように。

倒れて怪我をしてます。縫合しなくちゃいけません。

傍らには、サラがスカウトし、担当訴訟の補佐をしてもらっているアソシエイト弁護士のイネスがいる。若い彼女が、裁判は延期になったと告げる。さっき法律事務所に電話し、サラのこのあとの予定はすべてずらしたところだ。いつものように、イネスは臨機応変で効率的、ひと言にして完璧。心配そうに、病院への付き添いを申し出てくれるが、事務所にもどってもらう。イネスには翌日の召喚の準備を進めてもらったほうがいい。

モントリオール大学病院《CHUM》の緊急外来で待ちながらサラは思う。CHUM。仲良しとか恋人を意味する略称とは裏腹に、なんて味気ない場所なんだろう。しびれを切らし、帰ろうと立ちあがる。額を三針縫うためだけに二時間も待っていられない。絆創膏《ばんそうこう》を貼れば、それで十分、仕事にもどらなければ。医師が追いついて、サラをすわらせ、診察するから待つようにと言う。サラは抗議するが、仕方なく従う。

ようやくとおされた診察室で、サラに聴診器をあてるインターンの手は、長くほっそりしている。真剣な面持ちだ。いろいろと質問され、サラは手短に答える。こんなことをして、なんの意味があるのかわからない、元気なのに、と何度も言うが、インターンは診察をつづける。しまいに自白を迫られた容疑者のように、サラはしぶしぶ認める。たしかに、このところ疲れている。子供が三人いて、家庭を維持し、冷蔵庫に食料を切らさないようにしなければならないうえ、フルタイムで働いているのだから無理もないではないか？

一ヵ月まえから、朝起きると疲れきっている、とは言わない。毎晩、帰宅し、ロンから子供たちの一日の様子を聴いたあと、子供たちと夕食をとり、双子を寝かしつけ、アンナに習ったことを暗唱させると、ソファに倒れ込んで眠ってしまい、買ったばかりの大画面テレビのリモコンを手に取る暇もなく、結局テレビは見たことがない、ともサラは言わない。

しばらくまえから感じている、左胸の痛みについても言わない。たぶん、なんでもない……。いまここで、冷たい顔でのぞき込んでくる見知らぬ白衣の男に、そんな話をする気にはなれない。いまは、そのときではない。

インターンはなおも懸念する——血圧が低いし、顔色が悪い。サラはそれを軽くあしらい、はぐらかす。得意技だ。所詮、それが仕事なのだ。法律事務所でみんなが知っている冗談がある。弁護士が嘘をついているとわかるのは、どんなとき？　それは、弁護士が唇を動かすとき。町で最もずる賢い役人たちを打ち負かしているサラが、若いインターンごときに負けはしない。ちょっと疲れが出ただけ。燃え尽き症候群？

その言葉にサラは笑う。ちょっとした疲れを大仰に言いたて、濫用されぎみの流行語。今朝はあまり食べなかったし、睡眠も足りなかったかも……。セックスも足りてない、とたわむれに言おうとしたが、インターンの厳しい表情を見て、なれなれしい話はやめておく。残念、顔は悪くないし、ちいさいメガネで髪がカールしていて、好みのタイプとすら言えるのに……。なんならビタミン剤を摂る？　微笑みながら、特製エネルギードリンクの話をする。コーヒー、コニャックにコカイン。効果は抜群、是非お試しになって。

インターンは軽口に乗ってこない。休暇を取って、ゆっくり「骨休め」してはどうかと言う。サラは声を出して笑う。つまり医者にも冗談が言えるのね……。骨休め？　どうやって？　子供たちをeBayで売り払う？　今夜から何も食べない？　クライアントにはストライキを告げる？　重大問題を左右する訴訟を他人にまかせるわけにはいかない。やめる、という選択肢はない。休暇を取るなんて、どういうことかもわからない。最後に取ったバカンスもよく思い出せない。まえの年か、そのまえの年？　インターンはわざわざ指摘する気も起こらない空疎な言葉を吐く——誰だって仕事を代わってもらうことはできます。どうやら彼にはジョンソン&ロックウッドのパートナー弁護士のなんたるかがわかっていない。サラ・コーエンの立場がどういうものか、まったくわかっていない。

もう行かなければ。インターンには別の検査も受けるよう引きとめられるが、ふりきる。

とはいえ、サラは物事を先のばしするタイプではない。学校では優等生で、教師たちからは「勤勉」と評判だった。直前のつめ込み勉強が嫌いで、彼女自身の言葉をつかえば「先どり」するのが好きだった。いつも週末や長期休暇のはじめに宿題を終わらせ、そのあと初めて解放された気がした。法律事務所でもつねにほかの者を大きくリードし、だからこれほどのスピード出世を果たしたのだ。何事もぬかりなく、先どりする。

だが、いまはだめ。ここではだめ。

いまは、そのときではない。

だからサラは自分の世界に舞いもどる。ミーティングに電話会議、リスト、訴訟記録、口頭弁論、会議、メモと報告、ビジネスランチ、参考人召喚、行政処分、三人の子供たちの世界に。いつもつけてしっくりくる仮面、何をやっても成功し、にっこり微笑む女性の仮面をつけて、よき兵士のように前線にもどる。仮面は傷《いた》んでいないし、ひびも入っていない。法律事務所にもどると、イネスとほかの同僚を安心させる。たいしたことではなかった。そして、すべてがもとどおりに動きだす。

この数週間後、婦人科定期健診でサラを診察する女医は、たしかに、ここに何かありますね、と顔を曇らせることになる。マンモグラフィー、MRI、スキャン、生検、口にするのも憚《はばか》られる一連の精密検査を受けるよう指示されることになる。検査だけでも診断が出たようなもの。宣告が下ったようなもの。

だがまだそのときではない。サラはインターンの意見をきかず、病院をあとにする。

いまのところ、すべて順調。
話さないかぎり、問題は存在しない。

仕事場は寝室ほどの広さもない、
ベッド一台おくのがやっと。
しかも子供用ベッド。
ここで、私はひとり働く、
くる日もくる日も静けさのなかで。

もちろん機械もあるが仕上がりは厚ぼったい。
ここで流れ作業の量産はない。
どれも一点もの。
その一つひとつが私の誇り。

年月とともに、手は私の身体から独立し、勝手に動くようになった。
所作は習い覚えても、
速さは長年の経験がものを言う。

もう長く働いている、
編み機にかがみ込み
目はかすみ、
身体は疲れ、
リウマチで動かない、
それなのに、
指だけは敏捷《びんしよう》さを失わない。

時々、心は仕事場を離れ、
遠い国へ

見知らぬ人の人生へいざなわれる
その人の声が
くぐもった木霊《こだま》のように届き、
私の声と入り混じる。

スミタ

インド、ウッタル・プラデーシュ州、バドラプールの村

あばら家に帰ったスミタは、娘の表情にすぐ気がついた。そそくさと巡回を終わらせ、いつものようにジャート族の残飯を分けに、隣人の家に寄らなかった。井戸へ走り、水を汲み、籐籠をおいて体を洗った――バケツ一杯だけ、それ以上の水は使えない。ラリータとナガラジャンに残しておかなければ。毎夕、スミタは家に入るまえに、石鹸《せっけん》で体を三回洗う。このおぞましい悪臭は家に持ち込まない。娘と夫に、この悪臭を自分のにおいだと思われたくない。このにおい、他人の糞便のにおい、これと同化するところまでは落ちない。だから手も足も体も顔も、皮がむけるほど力一杯ごしごし洗う。ウッタル・プラデーシュ州辺境のバドラプールの村はずれにある空き地の片

隅で、カーテン代わりのちいさな布切れの陰で体を洗う。

スミタは体を拭き、清潔な服に着替えてあばら家に入る。ラリータは片隅で膝をかかえてすわっている。じっとゆかを見つめている。その顔には母親が見たことのない、怒りと悲しみの混じったなんともいえない表情が浮かんでいる。

どうしたの？

娘は答えない。頑なに口をつぐんでいる。

言ってごらん。
話して。
言いなさい！

ラリータは黙ったまま宙の一点を見据えている。まるで彼女にしか見えない想像上の点、あばら家からも村からもはるか彼方の、誰にも、母親にすら立ち入れないところをじっと見据えているかのようだ。スミタはいらだつ。

言いなさい！

娘は身をちぢめ、殻に引っ込む蝸牛《かたつむり》のよう。肩を揺さぶって怒鳴りつけ、無理やり話を聞きだせたら苦労はない。だが、スミタは娘を知っている。そんなことをしたって何も聞きだせないだろう。腹のなかで蝶が蟹《かに》に変身した。つよい不安に胸が締めつけられる。いったい学校で何があったのか？　知らない世界なのに大事な娘を送り込んだ。間違いだったのか？　娘は何をされたのか？

娘を見る。すると、サリーの背中が破れているようだ。かぎ裂き、そう、かぎ裂きだ！

何をしたの？

汚れてるじゃないか！

どこをほっつき歩いてたんだ?!

スミタは娘の手を引っぱり壁からはがす。すると、間《ま》にあうように寝る暇も惜しんで、何時間もかけて縫った新調のサリー、自慢のサリーが破れ、傷み、汚れている！

破ったのね！　見てごらん！

スミタはかっとして怒鳴り、それから身を硬くした。恐ろしい疑念にとらわれた。ラリータを外の日のあたるところに引っぱりだす。あばら家のなかは日がささず薄暗い。サリーをつかんで脱がせにかかる。ラリータは抵抗せず、少女には大きめの服は簡単に脱げる。娘の背中を見てぞっとする。赤い縞《しま》になっている。打たれた痕。ところどころ皮がむけて血がにじんでいる。ビンディのように鮮やかな緋色。

誰にやられたの?!

言ってごらん！

誰にぶたれたんだい?!

娘は目を伏せ、ひと言つぶやく。たったひと言。

せんせい。

スミタの顔が紅潮する。首の静脈が怒りで膨張する。浮きあがる青すじにラリータはぎょっとして怯える。ふだんは、とても穏やかな母なのに。スミタは娘をつかんで揺さぶり、ちいさな裸の体が小枝のように震える。

どうして？

何をしたんだ?!

言うことをきかなかったのかい?!

スミタは怒りを爆発させる。入学したその日に、先生にさからうなんて！　きっと、先生はもう娘を受けいれてくれない、すべての希望は消え、苦労も無駄になった！　スミタは知っている。それは、便所、はきだめ、他人の糞便への逆もどり。あの籠、娘にはなんとしても持たせたくなかった呪われた籠を持たせること……。スミタは乱暴だったことがなく、誰にも手をあげたことがなかったが、にわかに抑えようのない怒りがこみあげる。理性の堰《せき》を切って押しよせる未知の感情にのみこまれ、娘をぶつ。ラリータはたたかれながら身をちぢめ、必死に両手で顔を守ろうとする。

ナガラジャンは畑から帰ってくるところで、庭に悲鳴が聞こえる。いそぐ。妻と娘のあいだに割って入る。やめろ！　スミタ！　妻を押しやって娘を抱く。娘は肩を震わせて泣いている。その背中の生々しい縞の打ち傷が目にはいる。娘を抱きしめる。

バラモンにさからったんだ、とスミタがわめく。ナガラジャンは腕のなかの娘の顔を見る。

本当か？

一瞬の沈黙のあと、口を開いたラリータの言葉に、両親は耳を疑う。

教室をそうじしろって言われた。

スミタは身を硬くする。ラリータの声がちいさくて、聞き間違えたのかもしれない。訊《き》き返す。

なんだって?!

みんなのまえで教室をそうじしろって言われた。

いやです、って言った。

また、たたかれるのを恐れて娘は身をすくめる。まるで恐怖で体がちぢんだように、ふいにちいさくなる。スミタは息をのむ。娘を引きよせ、きゃしゃな腕で精一杯つよく抱きしめて泣きはじめる。ラリータはほっと脱力したように母の胸に顔をうずめる。長いあいだ、そうしている母娘を、ナガラジャンは当惑して見つめる。妻が泣くのを見るのは初めてだ。人生のどんな試練にも、けっしてたじろがず譲歩しない、意志の固いつよい女。だが今日は違う。痛めつけられ、侮辱された娘を抱きしめ、一緒に子供のように泣いている。娘には別の人生を、あれほどつよく願っていたのに、彼女たちの身分を思い知らせるジャート族やバラモンのせいで、それが叶《かな》わない、はかなく消えた希望に涙を流している。

夜、ラリータをなだめてようやく寝かしつけたあと、スミタは怒りを爆発させる。なぜバラモンの先生はあんなことをしたのか。ラリータがほかの子供、ジャート族の子供と机を並べることに同意したのに、金を受けとって「よろしい」と言ったのに！先生もその家族も、村の中心にある家も、スミタは知っている。毎日、便所のそうじに行くし、奥さんはときどき米をくれる。いったいなぜ？

ふいにスミタは血の池を思い浮かべる。バラモン階級を擁護するため、ヴィシュヌ神がクシャトリヤの血で満たした五つの池。学者も神官も、人間のいちばん上の階級にあるのがバラモンだ。ラリータなどいじめてどうするのか？　娘は無害で、彼らの知識も地位も脅《おびや》かしはしないのに、なぜ、こんなふうにわざわざ恥をかかせるのか？　なぜ、ほかの子供と同じように読み書きを教えてくれないのか？

教室のそうじをさせる、その意味は――おまえにはここにいる資格はない。おまえはダリット、スカヴェンジャー、そのように生まれ、そのように生き、母や祖母のように糞便にまみれて死ぬ。おまえの子も孫も、子孫もみな同じ。未来永劫《えいごう》、おまえたち不可触民、人間の屑《くず》には、忌まわしい悪臭と他人の糞便、世界中の糞便を集めるよりほかの生き方は許されない。

ラリータは言いなりにならなかった。いやです、と言った。そう考えるとスミタは娘が誇らしい。腰掛けほどの背丈もないのに、あの六歳の娘がバラモンの目を見据え、いやです、と言った。バラモンは娘をつかみ、教室の真ん中で、ほかの子供のまえで籐の鞭《むち》で打った。ラリータは泣きも叫びもせず黙っていた。昼食の時間には、スミタが娘のために支度した鉄の弁当箱をとりあげ、食事をさせなかった。すわることも許されず、ほかの子供が食べるのを見ているしかなかった。ラリータは欲しがりもねだりもしなかった。ひとりで立っていた。毅然《きぜん》として。そう、スミタは娘が誇らしい。たしかにネズミを食べているかもしれないが、娘はバラモンとジャート族が寄ってたかっても、手なずけられず、押しつぶされない力がある。打ちのめされ傷だらけになっても、娘の内側は変わらずそこにある。無傷のまま。

ナガラジャンは妻のようには考えない。ラリータは言われたとおり、そうじをすべきだった。所詮たいしたことではない。籐の鞭で打たれるより、ましじゃないか……。スミタは爆発する。どうしてそんなことが言えるの?! 学校は勉強するところで、子供を奴隷のように働かせるところではない。バラモンに話をつけにいく。どこに住んでいるかは知っているし、裏口だって知っている、毎日、籠を持って汚物のそうじにかよっているのだから……。ナガラジャンは思いとどまらせる。バラモンに歯向かったところで、どうにもならない。ずっと力があるのだ。みんなスミタより力がある。

学校に行きたかったら、ラリータは嫌なことも我慢しなくちゃならない。読み書きを習うには、それなりの対価を払わなくては。この世界で身の丈以上のことをするには、それなりの罰を受ける。ここでは、何もただでは手に入らない。

スミタは怒りに震え、夫の顔をまじまじと見る。娘をバラモンの生《い》け贄《にえ》にはしない。なんてことを考えるの？　どうしてそんなことを思いつけるの?!　全世界を敵にまわしても娘を守ってやるべきなのに。それが父のつとめではないか？　スミタは娘を学校にやるくらいなら、死んだほうがましだ。ラリータはもう学校へは行かない。弱い者、女、子供、庇護《ひご》すべき者すべてを押しつぶしにかかるこの社会を、スミタは呪う。

いいだろう、ナガラジャンは答える。ラリータは学校へ行かない。スミタは明日から娘を連れて巡回に行く。母や祖母から受け継いだ仕事を教えるんだ。娘に籠を譲り渡す。行き着くのは、何世紀もまえから一族の女たちがしてきた仕事。それが、娘の義務《ダルマ》。スミタが娘に別の人生を望んだのが間違いだった。定められた道をはずれようとして、バラモンに鞭で打たれ追いもどされた。ただ、それだけのこと。

その晩、スミタはヴィシュヌ神をまつるちいさな祭壇のまえで祈る。眠れないことはわかっている。五つの血の池を思い、幾世紀にもわたる軛《くびき》から逃れるために、自分たち不可触民の血で、いったいいくつの池を満たせばよいのだろう、と考える。自分のような者は何百万もいる。あきらめて死を待つ大勢の人々。来世では何もかも良くなる、輪廻《りんね》が終わるに越したことはないけれど、と母は言っていた。涅槃《ニルヴアナ》、それが母の望んでいた究極の目的地。聖なる河、ガンジスの畔《ほとり》で死ぬのが夢だった。そうすれば輪廻から解放されるという。もはや生まれ変わることなく絶対の宇宙にとけ込む、それが至上の目標だ。そんなチャンスに恵まれる者はめったにいない、と母は言っていた。たいていは何度でも生まれ変わる運命にある。神の摂理は受けいれるしかない。そういうものだ――来世で報われる。

来世を待ちながら、ダリットは黙って服従する。

だが、スミタは違う。今日は違う。

自分のことなら酷薄な宿命として受けいれた。だが、娘はそうはさせない。すでに夫が寝息をたてる暗いあばら家の真ん中の、ヴィシュヌ神をまつる祭壇のまえで、そう誓う。いいや、ラリータはそうはさせない。スミタのひっそりした反逆心は見えも聞こえもしない。

だが、そこにある。

ジュリア

イタリア、シチリア島、パレルモ

まるで『眠れる森の美女』、父を見ながらジュリアは思う。

父が病院の白いベッドに寝かされて一週間になる。容体は変わらない。すやすやと、王子に眠りを覚まされるのを待つ姫のように眠り込んでいる。ジュリアは子供のとき、毎晩父に読んでもらった『眠れる森の美女《ベッラ・アドルメンタータ》』の物語を思い浮かべる。父は野太い声で、姫に呪いをかける魔女のせりふを読んだものだ。数えきれないほど読んでもらったけれど、最後に姫が目覚めるくだりでは、いつもほっとしたものだ。日が暮れたあとの家に響く、父の声が大好きだった。

その声はとだえた。

いま、パッパのまわりにあるのは静寂ばかり。

作業場を再開しなければならなかった。従業員全員がジュリアを支え、それを行動でしめしてくれた。ジーナはジュリアの大好物、カッサータ（リコッタチーズ入りの菓子）をつくってくれた。アニェーゼはマンマにチョコレートを買って来た。ノンナは病院の父の付き添いを交代しようと申し出てくれた。アレッシアは、教会参事会員の兄に頼んで、聖カテリナに祈願してもらった。ジュリアをとりまくちいさなコミュニティーの全員が、悲嘆にしずむのを拒み、そばで支えてくれる。彼女たちのまえで、若いジュリアは父がいつもそうだったように前向きでいたい。父はそのうち昏睡《こんすい》から覚めると確信している。ここの主に復帰する。いまは判断を保留した、しばしの宙吊《ちゅうづ》り状態にすぎない、と自分に言いきかせる。

毎夕、作業場を閉めたあと、父の枕もとを訪れる。父に読み聴かせするのが習慣になった。医者によれば、昏睡状態の患者にはまわりで話していることが聞こえているという。だからジュリアは詩や散文、小説を何時間も声に出して読む。今度はわたしが読んであげる番だと思う。父にはずいぶん読んでもらった。パッパの意識がどこにあろうと、聞いていてくれるはず。

その日の昼休み、ジュリアは父に読む本を借りようと、図書館へ行く。静寂につつまれた閲覧室に入ると不思議なことが起こる。最初は本棚に隠れていてわからない。ふいに、目に入る。

彼だ。

ターバン男。

聖ロザリア祭の日、通りにいたターバンの男。

ジュリアは呆然《ぼうぜん》とする。男はこちらに背を向けていて顔が見えない。彼が別の棚へ移動する。ジュリアは気になって、あとをつける。男が本を取りだしたとき、ようやく顔が見える――たしかに彼、通りで憲兵隊《カラビニエリ》に捕まったあのひと……。探し物が見つからないようだ。偶然のことに動揺し、ジュリアはしばらく見つめている。向こうは気づかない。

思いきって近づく。どう話しかけていいかわからない。ふだん男に声をかけたりしない。たいてい、話しかけてくるのは男たちだ。ジュリアは美人、とよく言われる。立ち居ふるまいは男の子っぽいが、あどけなさと色っぽさを同時に漂わせる彼女を、たいがいの男は放っておけない。女の子がとおると目を輝かせるおなじみのタイプ。イタリア男は根っからの口達者。彼らが通りがかりの女にかける、甘いせりふや口説き文句の軽薄さは、ジュリアも知っている。なのに、自分から思いきって声をかける。

こんにちは《ボンジョルノ》。

ターバンの男は、はっとふり向く。彼女を憶えていないようだ。ジュリアは気おくれし、一瞬、間をおく。

このまえ、お祭りで見かけたんです。憲兵隊に……。

急に気まずくなって口ごもる。あの一件の話を出して、ばつの悪い思いをさせてしまったら……？　自分の大胆さを、もう後悔している。消えてしまいたい、声なんてかけるんじゃなかった。だが、男がうなずく。彼女のことを思い出したようだ。

ジュリアは言葉をつづける。

心配したんです……刑務所に入れられるんじゃないかって。

男は微笑む。その表情には純真さと面白がっている様子がある——心配してくれたらしいけど、この女の子は、いったい誰？

夕方まで引きとめられた。それから帰らせてくれた。

ジュリアは男の顔をまぢかで見つめる。肌の色は濃いが、瞳の色が驚くほど薄いのが、いまはっきりわかる。緑がかった青。でなきゃ、青みがかった緑。不思議な色合いだ。彼女は気が大きくなる。

お手伝いしましょうか？
このコーナーはよく知っているんです。
探している本があるの？

男はイタリア語の本を探していると言う――何か、あまり難しくないもの。イタリア語はふつうに話せても、読み書きがまだおぼつかない。上達したい。ジュリアはうなずく。イタリア文学の棚へ連れて行く。彼女は迷う。現代作家はとっつきにくいかもしれない。結局、子供のころよく読んだサルガーリの小説を薦める。お気に入りの『空の息子たち《イ・フィリ・デラリア》』。男は本を受け取って礼を言う。ここの男なら誰だって、彼女を引きとめ会話を始めるところだ。これを好機と、口説きにかかるところだ。彼は違う。ただ、さようならを言って遠ざかる。

借りたばかりの本をたずさえ、図書館を出る男を見送りながら、ジュリアは胸が締めつけられる。追いかける勇気がないのがもどかしい。この土地でそんなことはするものではない。会ったばかりの男を追いかけ回すものではない。いつも頬杖《ほおづえ》ついて傍観し、自分から行動を起こそうとしない女の子でいるのが恨めしい。この瞬間、度胸がない受け身の自分を呪う。

もちろんジュリアにだって、すくなからぬ男友達、恋のたわむれ、いくらかの恋愛経験はある。人目を忍んでの口づけや愛撫《あいぶ》もあった。ジュリアは受け身で相手の熱意に応じるだけ。気に入られようと努力したことはない。

作業場への帰路、男のことを思い浮かべる。男に現代離れした雰囲気をあたえる、あのターバンを。ターバンの下に隠された髪を。皺くちゃのシャツの下の体も。そこまで考え、顔を赤らめる。

翌日、ひそかな期待に胸をときめかせ、また図書館に来る。とはいえ、その日は別に本が必要ではない。パッパに読んでいる本はまだ終わっていない。閲覧室を進み、突然、硬直する――あのひとがいる。昨日と同じ場所に。待っていたかのようにこちらを見る。その瞬間、ジュリアは心臓がとび出すかと思う。

男はこちらに歩み寄り、温かく甘い息が感じられるくらいそばに来る。薦めてもらった本のお礼をしたかった。何を贈ればいいかわからなくて、勤め先の農協でつくっているオリーヴオイルの小瓶を持ってきた。ジュリアは感動して相手を見あげる。彼には柔和さと威厳が同居していて、動揺させられる。男にこんなに心を乱されるのは初めてだ。

驚いた顔で小瓶を受け取る。男が自分でオリーヴの実を収穫し、搾《しぼ》ったのだと言う。彼が行きかけたとき、ジュリアは勇気を奮い起こす。頬をほてらせ、一緒に歩かないかと誘う。どこか、防波堤でも……。海のそばで、天気もいいし……。

男は間をおいたあと、誘いを受ける。

カマルジット・シン——それが彼の名前——は口数がすくない。そんな些細なことに、ジュリアは驚く。というのも、ここの男たちはおしゃべりで、自分の話をして悦に入っている。それを聴くのが女の役目。母が言うように、男の顔をたててやらなきゃならない。カマルは違う。気軽に打ち明け話をしない。それでも、ジュリアには身の上を話してくれる。

シク教徒の彼は、迫害を逃れて二十歳でカシミール地方を離れた。一九八四年に、インド軍が分離独立派を弾圧し、黄金寺院にたてこもったシク教徒を虐殺する事件が起きてから、シク教徒は脅威にさらされる。カマルは凍てつく夜に、ひとりでシチリアに到着した——成年に達した子供を西側に送る親は多い。シチリア島にある大きなシク教徒コミュニティーに受けいれられた。イタリアは、ヨーロッパでイギリスに次ぐ最大のシク教徒受入国だという。安価な労働者を斡旋《あっせん》する組織《カポララート》の仲介で働きはじめる。手配師《カポラーレ》がどのように不法滞在者をかりだし、現場まで移動させるかを語って聴かせる。移動にかかる費用や、支給される水や質素なパニーニの代金は給料から差し引かれ、ときには半分しか残らない。カマルは時給一、二ユーロで働いたのを憶えている。ここの土が産み出すあらゆるものを収穫した。レモン、オリーヴ、ミニトマト、オレンジ、アーティチョーク、ズッキーニ、アーモンド……。労働条件は交渉の余地がなかった。手配師の出す条件をのまなければ仕事はない。

ついに忍耐は報われた。不法滞在者として三年すごしたあと、カマルは難民と認定され、永住許可証を取得した。オリーヴオイルを生産する農協の夜勤の口を見つけた。仕事は気に入っている。熊手のような道具でオリーヴの枝をすき、実を傷めずに収穫するのだと話してくれる。樹齢千年を超えることもあるオリーヴの木にかこまれているのが好きだ。老木に圧倒される、と言う。オリーヴは高貴な食べ物、平和のシンボル、と微笑みながら話をしめくくる。

役所から正規滞在者と認められたからといって、この土地からも受けいれられたわけではない。シチリア島民はよそ者を遠巻きに眺めている。地元住民と移民は日常的に接しながら言葉を交わすことはない。カマルは故郷に帰りたいと認める。そう話すとき、大きなコートをまとったように悲しみのヴェールにつつまれる。

ジュリアはその日、作業場に二時間遅刻する。心配したノンナを安心させるため、自転車のタイヤがパンクしたと嘘をつく。

真実は言わない――自転車は無傷でも、心は千々に乱れている。

サラ

カナダ、モントリオール

　爆弾が投下された。それが爆発したのは、たったいま、ニュースをうまくつたえられない、やや不器用な医師の診察室でのことだった。とはいえ医師は新米ではなく、何年も経験を積んでいるが、やはり慣れない。患者に同情しすぎるのかもしれない。若い患者もそうでない患者も、恐ろしい言葉を告げられ、数分で人生を一変させられる。

　ＢＲＣＡ２。その後、サラは突然変異遺伝子の名を知ることになる。アシュケナージ（中・東欧のユダヤ人）の女性にかけられた呪い。まだ足りなかったとでもいうのか、とサラは思う。ポグロム（ユダヤ人迫害のため集団的におこなわれた破壊、虐殺）があり、ショアー（ヘブライ語で大厄災。特にナチスドイツが組織的に進めたユダヤ人絶滅をさす）があった。なぜ、また自分たちばかり？　その後、医療関係の記事にはっきり書いてあるのを読む——アシュケナージのユダヤ人女性は、四十人に一人の確率で乳癌《にゅうがん》を発病するが、世界全体の発病率は五百人に一人。科学的に証明された事実。確率を高める要因がある——血縁の罹患者《りかんしゃ》、双子の出産……。兆候はすべて、あまりに歴然としていた、とサラは考える。それを見なかった。あるいは見ようとしなかった。

目のまえの医師は眉毛が黒く毛むくじゃらだ。サラはつい見入ってしまう。奇妙だ。よく知らないこの男が、レントゲン写真上のミカン大だという腫瘍について話しているのに、言われていることが頭に入ってこない。はっきりわかるのは、ただ色濃くもじゃもじゃの眉毛、野生動物のひそむ領域みたいな眉毛、耳からはみ出している毛もある。数カ月後、サラがこの日をふりかえるとき、まず最初に思い出すのが眉毛——その持ち主の医師から癌を告知されている。

もちろん医師はその言葉を口にしない。口に出すのは憚られる言葉。まわりくどい言い方や、よくのみ込めない医学用語の裏にあるのを察すべき言葉。まるで汚い言葉、禁忌《タブー》、呪いのよう。ともかく、それが問題なのだ。

ミカン大、と医師は言った。ここです。ここにあります。サラはこのときを先にのばすため、しつこい痛み、極端な疲労を認めないよう、できるだけのことをしてきた。疑いが頭をよぎるたび、それを口にできた——すべきだった？——ときはいつも、その考えをふり払ったが、今日は正面から向き合わなければならない。ここに、たしかにある。

ミカンなんて、サラにはものすごく大きくも、ちっぽけにも思える。それにしても、予想もしないときに、病に捕らえられてしまった。ひどい、と思わずにいられない。腫瘍は悪性で、ひそかに力をつけ虎視眈々とこの機を待っていた。

サラは医師の話に耳を傾け、唇が動くのを見つめるが、厚い防音ガラス越しのように、実は自分と関係ない話のように、言葉が届いてこない。これが親しい人のことなら心配し、取り乱し、泣き崩れているところだ。奇妙にも、自分のことだとなんでもない。医師の話を、まるでほかの誰か、赤の他人のことのように話半分に聴いている。

面談の終わりに、質問はないか尋ねられる。サラは首をふって微笑む。おなじみの微笑みだ。どんな場面でも浮かべるこの微笑の意味は——「ご心配なく、大丈夫」。それはもちろん見せかけで、仮面の裏では苦悩と疑念、不安をかかえ、正直なところ、滅茶苦茶に取り乱している。外からは何も見えない。サラの微笑は一点の曇りもなく、優雅で完璧だ。

残された可能性は、医師に尋ねない。自分の将来を統計データで説明されたくない。知りたがる人もいる。サラはそうではない。数値データに意識や想像のなかまで介入されたくない。それは腫瘍それじたいと同じように増殖し、気力、自信を蝕《むしば》み、快復を妨げかねない。

法律事務所にもどるタクシーのなかで、現状整理のリストをつくる。サラは女戦士。

これから戦うことになる。サラ・コーエンはこの件を、ほかのすべての案件と同じように処理する。訴訟でけっして負けない（負けても、ごく稀《まれ》な）彼女が、いかに悪性とはいえ、ミカンごときに動じはしない。本件、コードネーム「サラ・コーエン対M」訴訟では、攻撃あり、反撃あり、おそらく卑劣な手も使われるだろう。ミカンは性悪で、そう簡単に降参する敵ではなく、これまで対決してきたなかで、間違いなく最も手ごわい相手となるだろう。それは持久戦、神経戦であり、希望、疑い、そして負けたと思う瞬間が、入れかわり立ちかわりするだろう。なんとしても、もちこたえなければ。この手の戦いでは持久力がものを言うのを、サラはよく知っている。

訴訟の対策を練るように、病を攻撃するおおまかな戦略を立てていく。何も言うまい。誰にも。法律事務所に知られてはいけない。事が発覚すれば、スタッフばかりかクライアントにも衝撃をあたえる。いらぬ心配をさせかねない。サラは法律事務所の土台の一部、大黒柱であり、組織全体がぐらつかないよう、しっかりしていなくては。それに、他人の憐《あわ》れみや同情はいらない。病気でも、生活が一変するわけではない。疑いをもたれないよう慎重に動かなければ。病院での治療予約をスケジュールに記入するための暗号を考えなければ。不在を正当化する理由を見つけなければ。創造性と周到さ、相手の裏をかく巧妙さの見せどころ。スパイ小説のヒロインのように、サラは地下で戦いをリードする。どことなく婚姻外の関係を隠すように、サラは病気をひた隠しにするだろう。生活を小分けにするすべは、何年も実践してきてお手のものだ。ますます高い壁の建設をつづけるまでのこと。結局、妊娠は隠しおおせたのだから、癌を隠すこともできるだろう。これは秘密の子供、誰にも存在を気取られてはいけない隠し子。秘められた不可視の子供。

法律事務所にもどると、サラはふだんの業務を再開する。同僚の反応、視線、声の抑揚をこっそりうかがう。誰も何も感づいていないと確認し、安堵《あんど》する。額に「癌」と大書《たいしょ》されているわけではない。病気だとは誰にもわからない。

内側は細切《こまぎ》れになっているが、知る者はいない。

スミタ

インド、ウッタル・プラデーシュ州、バドラプールの村

出て行く。

考えは天命のようにスミタに下る。村を出るしかない。

ラリータは学校へ行かない。クラスメートのまえでそうじを拒否し、先生に鞭《むち》で打たれた。将来、クラスメートは農夫となり、娘がその便所を汲《く》みとる。そんなことは、もってのほかだ。スミタには受けいれられない。隣り村の診療所で会った医者によれば、ガンディーが言ったそうだ――「誰であれ、人間の排泄物《はいせつぶつ》を手でさわるべきでは

ない」。どうやらガンディーは、不可触民《ふかしょくみん》のあり方が憲法違反で人権侵害だと断言したようだが、当時から何も変わっていない。ほとんどのダリットは黙って運命を受けいれている。ダリットの精神的指導者ババサヘブにならって仏教徒になり、カースト制度を逃れる者もいる。何千人も参加する集団改宗の儀式の話を聞いたことがある。当局の権力を弱体化させるこうした改宗の動きを阻止するため、反改宗の法律さえつくられた。改宗希望者は許可を取らねばならず、そのために罪に問われる。なんという皮肉。獄吏に脱獄の許可を乞うようなものだ。

スミタは改宗する気にはなれない。両親が崇拝していた神々に愛着がある。何より、生まれたときから朝晩祈りを捧《ささ》げている、ヴィシュヌ神のご加護を信じている。夢も疑念も希望もヴィシュヌ神に託している。捨てるのはあまりにつらく、ヴィシュヌ神がいなくなれば、心にぽっかり埋めようのない穴があくだろう。両親が死んだときより、もっと寄るべない孤児《みなしご》のような気持ちになるだろう。一方、生まれ育ったこの村にはなんの愛着もない。くる日もくる日もそうじしなければならない、この汚れた土地は、ナガラジャンが晩に持ち帰るしけた獲物、飢えたネズミのほか、何ももたらしてくれない。

この場所を逃れ、出て行く。それが唯一の道だ。

朝、ナガラジャンを起こす。スミタはちっとも休まらなかったのに、夫はぐっすり眠った。夫の安らかな眠りが羨ましい。夜は何があっても波立たない湖のよう。一方、スミタは何時間も寝返りをうちつづける。暗闇は苦悩から解放してくれるどころか、これを増幅させ、恐ろしい木霊を響かせる。闇のなかでは何もかも劇的で取りかえしがつかないように見える。胸を騒がす不穏な思考の渦がとまるよう、しばしば祈る。ときには一晩中、目が冴《さ》えている。人間は眠りのまえでは平等ではない。人間はなんのまえでも平等ではない。

ナガラジャンはぶつぶつ言いながら目を覚ます。スミタは夫を寝床から引きはがす。考えたんだ――村を出るしかない。奪われるばかりのこんな生活には見込みがない。ラリータの人生は始まったばかり、まだ遅くない。娘にはすべてであるが、そのうちほかの者たちに奪われる。スミタはそんなことはさせない。

妻はたわごとを言っている、また眠れなかったんだ、とナガラジャンは思う。スミタはせっつく——都会に出なくては。向こうには、学校や大学にもダリットの枠がある。らしい。自分たちのような者のための枠。向こうならラリータにもチャンスがある。ナガラジャンは首をふる。都会なんて幻想、くだらない夢だ。ダリットは都会で浮浪者になって、歩道にたむろするか、町はずれに、足のいぼのように増殖する貧民街にかたまっているんだ。ここなら、住む場所も食べる物もある。スミタは逆上する——ネズミを食べ、糞便《ふんべん》を集めているじゃないか。向こうなら、仕事を見つけて人間らしく暮らせる。どんな困難もはねのけてみせる、勇気はあるし、へこたれないし、もらえる仕事はなんだってしよう、なんだって、こんな生活よりよっぽどましだ。スミタは懇願する。自分のため。家族のため。ラリータのために。

ナガラジャンはすっかり目が覚めた。妻は正気を失ったんだろうか?! 人生を思いどおりにできると思っているのだろうか？　しばらくまえに村を騒がせた事件の話をもちだす。近所のダリットの娘が、勉強するため都会へ出る決心をした。田園地帯を逃げる娘はジャート族に捕らえられた。人里離れた畑へ連れて行かれ、八人がかりで二日にわたって強姦《ごうかん》された。両親のもとに帰ったときは満足に歩けなかった。両親はこのあたりの権威である村の委員会、パンチャヤットに訴え出た。もちろん、委員会はジャート族が仕切っている。本来いるべき女性もダリットも入っていない。委員会の決定は、たとえそれがインド憲法に反していても、法の力をもつ。この非公式の法廷が問題にされたことはない。委員会は娘の家族に、訴えを撤回すれば賠償金として幾ばくかの金をあたえようと提案したが、娘は金を受けとるのは恥だ、と拒絶した。はじめ娘の肩をもとうとした父親は、しまいに村の圧力に屈して自殺し、あとに遺された家族は生計を失い、妻は恐ろしい寡婦の境遇に陥った。母親と子供たちは、村のつまはじきとなって家を追われ、ついには道路わきの溝で赤貧状態で朽ち果てた。

その事件ならスミタも知っている。わざわざ思い出させてくれるにはおよばない。ここでは、この国では、強姦は被害者のほうが責められる。女に敬意は払われない。これが不可触民ならなおさらのこと。触れても見てもいけないはずの者を、恥ずかしげもなく強姦する。借金を返せない男を罰するのに、妻を強姦する。人妻に手を出した男を罰するときは、姉妹を強姦する。強姦は強力な武器、大量破壊兵器だ。伝染病だとも言われる。最近、近くの村の委員会が下した決定が噂《うわさ》の種になった。若い女ふたりが村の広場で全裸にされ、強姦されるという宣告で、それは彼女らの兄が人妻、しかも自分より上のカーストの人妻と駆け落ちした罪を贖《あがな》うためだった。宣告は実行された。

ナガラジャンはスミタを諭《さと》そうとする――逃げれば、必ず恐ろしい報復が待っている。ラリータだってひどい目にあう。子供だからといって容赦はされない。ふたりとも強姦され、木に吊《つ》るされるだろう。先月、隣村でダリットの娘ふたりがされたように。スミタは数字を聞いてぞっとしたことがある。この国では、毎年二百万人の女性が殺される。二百万人の女たちが、男の蛮行の犠牲となり、世間の無関心のなかで死んでいく。全世界は気にもかけない。世界から見捨てられている。

そんな暴虐とすさまじい憎悪に、対抗できると思っているのか？　身をかわせると思っているのか？　そんなに自分がつよいと思っているのか？

恐ろしい話をだされてもスミタは頑として考えを変えない。夜中、みんなで出発しよう。こっそり手はずはととのえておく。ここから百キロ離れた聖都ヴァラナシへ行き、そこから列車でインドを縦断しチェンナイへ行こう。向こうには母のいとこが住んでいて、助けてくれるだろう。町は海辺にあって、聞いた話では、彼女のようなスカヴェンジャーのために、漁師のコミュニティーを創った人がいるそうだ。ダリットの子供の学校もある。ラリータは読み書きできるようになる。仕事も見つかるだろう。もうネズミを食べなくてもよくなる。

ナガラジャンは信じられないといった顔でスミタをまじまじと見る――移動にかかる金はどうするんだ?!　列車の切符は全財産積んだって買えやしない。なけなしの貯金はラリータを学校に入れるため、バラモンにあげてしまったから、もう何も残っていない。スミタは声をひそめる。幾晩も眠らず憔悴《しょうすい》しているが、あばら家の薄暗がりで奇妙にも、かつてないほどつよく見える。あのお金は取りもどす。どこにあるかはわかっている。便所を汲みとりに行ったとき、バラモンの妻が金を台所にしまうのを、いちど見たことがある。あの家には毎日行っているんだ、ちょっとの隙さえあれば……。ナガラジャンは爆発する——いったいどんなアシュラ（古代インド神話の悪魔的存在）にとり憑《つ》かれたんだ⁉⁉ そんな大それた計画は、スミタだけでなく家族全員の命取りになる！ そんないかれた計画にのるより、一生ネズミを捕って熱病になるほうが、よほどましだ！ スミタが捕まれば、家族全員が最悪のかたちで命を落とす。そんな危険な賭けには出られない。チェンナイに行っても希望はない、どこへ行っても同じこと。希望はこの世にはなく、来世にある。善《よ》いおこないをしていれば、次に生まれ変わるとき、寛大なおはからいがあるかもしれない。ひそかに、ナガラジャンはネズミに生まれ変わることを夢見ている。畑で素手で捕まえ、毎晩炙《あぶ》る野暮な飢えたネズミではなく、デシュノクの寺院にいる聖なるネズミだ。パキスタンとの国境に近いその寺院に、子供のころ父に連れられていちど行ったことがある。寺院のドブネズミはその数二万。神とみなされ大事に保護され、人々は乳をお供えする。神官はネズミたちの見守り役である。各地から人々がお供え物を奉納しに訪れる。ナガラジャンは父が話してくれた、女神カルニマーターの話を憶えている——喪《うしな》ったわが子を返してほしいと懇願したが、子供はネズミに生まれ変わった。寺院は喪った息子をまつるために建立《こんりゅう》された。くる日もくる日も畑でネズミを追うあまり、ナガラジャンはこれを憎からず思うようになり、奇妙にも親近感をいだくようになった。それは、正義の味方が一生追いつづけた悪党に、一目おくようになるのとどこか似ていた。つまるところ、この生き物は自分に似ている——腹をすかせ、必死に生きのびようとしている。そう、デシュノクの寺院のネズミに生まれ変わり、乳を飲んで暮らせたら、なんと安穏だろう。一日の労働のあと、そう夢想して心地よく眠りにつくこともある。子守唄にしては奇妙だが、かまわない、彼にはそれが子守唄なのだ。

スミタは来世まで待つ気など毛頭なく、大事なのはいまのこの人生、自分とラリータの人生だ。ダリット出身で国の頂点にのぼりつめた女クマリ・マヤワティ、いまでは国いちばんの女資産家の話をだす。州首相になった不可触民！　ヘリコプターで移動するという。彼女は黙って服従などしなかった。死んでこの世から解放されることなど待たず、自分のため、同輩のために戦った。ナガラジャンはいらだちをつのらせる。スミタだって、何も変わっていないのを知っているはず、あの女はダリット擁護を説いて高い地位までのぼりつめたら、あとは知らん顔。見捨てられたんだ。あの女は空を飛び、ダリットは糞便のなかを這《は》いずり回る、それが事実だ！　マヤワティもほかの者も、誰もここから、この人生から、カルマから引きあげてはくれず、死だけが解放してくれる。それまでは、ここに、生まれ育ったこの村にいるんだ。鉈《なた》のように言葉をたたきつけると、ナガラジャンはあばら家を出て行く。

いいだろう、とスミタはひとりごちる。行きたくないなら、あんたはおいて出て行く。

ジュリア

イタリア、シチリア島、パレルモ

「いま、命あるものは
血がかよい声をあげる。
いま、空と大地が烈《はげ》しいおののきとなって、
希望に身をよじり、
朝に揺さぶられ、
夜明けのきみの足音と息とに
のみこまれる」
（チェーザレ・パヴェーゼ『死が来ておまえの目をとるだろう』所収「きみ、三月の風」より）

カマルとジュリアは毎日のように会う。昼休みに図書館で落ちあうのが習慣になった。よく海辺を散歩する。ジュリアは自分が知っている男――シチリア男――たちとは似ても似つかない外見と物腰のこの男が珍しく、そこが気に入っているのかもしれない。親戚の男たちは威張っていて、おしゃべりで怒りっぽく、すぐ依怙地《いこじ》になる。カマルは正反対だ。

カマルに会えるかどうか、いつも確信がない。毎日、昼に閲覧室に入ると目で探す。往々にして彼はいる。いない日もある。この甘美な不確かさのせいで、ジュリアの好奇心はよけいかきたてられる。しびれるような、なんともいえない未知の感覚に、夜は目が覚める。パヴェーゼの詩をくりかえし読む。その言葉だけが、カマルのいない物足りなさを慰めてくれる。

事が起こるのは、ふたりが散歩をしていたある昼のこと。ジュリアはふだんより足をのばし、観光客が来ない浜へカマルを連れて行く。読書をしに行く、とっておきの場所を見せたい。誰も知らない洞窟、とジュリアは言う――いずれにせよ、そう思って楽しんでいる。

その時間、入り江には誰もいない。洞窟は静かで湿っぽく、薄暗くて人目がない。何も言わず、ジュリアは服を脱ぐ。サマードレスが足もとにすべり落ちる。カマルは微動だにせず、まるで傷めるのをおそれて、摘むのをためらう花のまえに立ちすくむかのよう。ジュリアが手をさしのべるしぐさは励ましというより――招待だ。彼はゆっくりターバンをはずし、囚われていた髪を留めていた櫛《くし》を抜く。毛かせのようにほどけた髪は腰まである。ジュリアは震える。こんなに髪の長い男を見るのは初めて。ここで髪を長くしているのは女たちだ。だけど、カマルはぜんぜん女性的ではない。漆黒の髪で、信じられないくらい男らしい。そっと、まるで触《ふ》れるのも憚《はばか》られる聖像の足にでも口づけするように、やさしく口づけされる。

ジュリアはこんな体験は初めてだった。カマルは祈るように目を閉じ、人生がかかっているかのようにセックスする。手は夜の仕事ですりきれているが、体の肌は柔らかく、触れられたとたん震えがはしる大きな筆のよう。

セックスのあと、身を絡め、長いあいだじっとしている。作業場の女たちは抱擁《ほうよう》のあとすぐに眠りこける男を笑うが、カマルはそうではない。手放せない宝物のように、ジュリアを抱きしめつづける。ジュリアは燃える体を彼の体に、白い肌を彼の柔らかい褐色の肌に何時間でも密着させていたい。

ふたりは海辺の洞窟で会うようになる。夜、農協で働くカマル、昼間作業場で働くジュリアは、昼休みの時間に会う。昼、セックスをするふたりの抱擁は、人目を忍ぶ背徳の味がする。シチリア全土が活動中で、オフィスも銀行も市場もみな大いそがしだが、ふたりは違う。この時間はふたりのもの。この時間を目一杯むさぼり、互いのほくろを数え、傷痕の目録をつくり、肌のすみずみを味わいあう。夜のセックスとは違って、明るい光のもとで相手の体を見出すのは、どこか大胆で、奇妙に不謹慎なところがある。

こんな逢瀬《おうせ》をかさねているのは、子供のころ、夏の舞踏場で見たタランテラの踊り手たちみたいだとジュリアは思う。男女が近寄りタッチしてはまた離れる、それが昼と夜の仕事の行き来のリズムに合わせた、ふたりのダンスステップだ。もどかしくもロマンティックなすれちがい。

カマルは謎めいている。彼のことをジュリアはほとんど何も知らない。ここに来るため捨てなければならなかった、以前の人生の話をしない。いつまでも見飽きない海をまえに、何も見ていないような目をしていることがある。そんなとき、また悲しみのコートにすっぽり覆われている。ジュリアにとって水は命、たえず更新されるよろこびの源、一種の官能。泳ぐのが好き、流れる水を体に感じるのが好きだ。ある日、彼を海に引っぱり込もうとするが、水に入るのを拒まれる。海は墓場だ、と言われ、ジュリアはその意味を訊《き》きそびれる。彼がどんな体験をしたのか、水に何を奪われたのか、何も知らない。ひょっとして、いつか話してくれるかもしれない。あるいは、話してくれないかもしれない。

ふたりは過去も未来も話さない。ジュリアは昼下がりの忍び逢《あ》いのほか、何もあてにしていない。大事なのはいまこの刹那《せつな》、ちょうどパズルのピースがぴたりとはまり、境目がなくなるように、身を絡ませ一体になるこのひとときだけ。

自分のことを語らなくとも、カマルは故国のことはよろこんで話してくれる。ジュリアはそれをいつまでだって聴いていたい。まるで甘美な見知らぬ国へいざなう本のよう。目を閉じれば、ジュリアはひとりで船出する思いがする。カマルはカシミールの山々、ジェルム川やダル湖の畔、湖に浮かぶホテルの話をし、秋の紅葉、緑したたる庭園、ヒマラヤの裾野に果てしなく広がるチューリップ畑の話をする。ジュリアはもっと知りたくて、話して、もっと話して、とせがむ。カマルは宗教と信仰、シク教徒の生活規範リハット・マリアダについて語り、これが飲酒、喫煙、肉食と賭け事を禁じるように、髪と髭《ひげ》を切ることも禁じていると話してくれる。神は正しく清らかな生き方を説く。唯一神にして創造主、キリスト教の神でも、ヒンドゥー教の神でも、ほかのどんな宗教の神でもなく、ただ唯一の神。あらゆる宗教の神は、つまるところこの唯一神、だからあらゆる宗教は尊重されるべきだ、とシク教徒は考える。ジュリアは原罪も天国も地獄もないそんな信仰の考え方が好きだ。地獄はこの世にだけある、とカマルは考え、たしかにそうだ、と彼女は思う。

カマルによれば、シク教では女にも男と同じ魂がある。男女は同等とみなされる。女性は寺院で神への賛歌を唱えることができるし、洗礼のようなあらゆる儀式を司《つかさど》ることができる。女性は家庭や社会で果たす役割を讃《たた》えられ、尊重されなければならない。シク教徒は他人の妻を自分の姉妹や母とみなし、他人の娘を自分の娘とみなす。このような男女平等のあらわれとして、シク教徒のファーストネームには男女の別がなく、どんな名前も無差別に男女につけられる。ミドルネームにだけ区別がある——男なら「ライオン」を意味するシン、女はカウル、彼はその意味を「姫」と訳す。

姫《プリンチペッサ》。

ジュリアはカマルにこう呼ばれるのが好きだ。彼と別れて仕事に戻るのがだんだんつらくなる。一日中、そばですごせたらどんなに心地いいか。昼だけでなく、夜も一緒にいられたら。一生、ここで彼と愛しあい、話を聴いていられたら、と思う。

だがそんなことは許されないと知っている。カマルの肌は違うし、神はランフレッディ家のそれと違う。母がなんと言うか想像がつく——肌が黒くてキリスト教徒ですらない！　母は苦しむだろう。噂が町じゅうに広まるだろう。

だからジュリアはひそかにカマルを愛する。人目を忍ぶ愛。不法な愛。

昼休みから作業場にもどるのがだんだん遅くなる。ノンナは何か感づきはじめる。ジュリアの顔に浮かぶ微笑、これまでにない目の輝きに気づく。毎日図書館に行っていると言っているが、頬を紅潮させて息をきらしてもどってくる。ある午後など、三角巾の下の髪に砂がついているように見える……。作業場の女たちも噂しはじめる。彼女、恋人ができたのかしら？　誰？　このあたりの男？　自分より若い子？　年上？　ジュリアはむきになって否定するから、白状しているも同然だ。

かわいそうなジーノ、きっと胸がはり裂けちゃう！　とアルダがため息をつく。近所の美容院経営者、ジーノ・バッタリオーラがジュリアに首ったけなのはみんな知っている。もう何年も彼女のご機嫌とりをしている。毎週、切った髪を作業場に売りに来る――たまに用がなくても顔を出す。女たちは面白がる。彼がせっせと持ってくる贈り物を笑う。ジュリアは冷淡だが、ジーノは希望をすてず懲りずにかよってきて、差し入れのイチジク入りのブッチェラティーニ（シチリアの焼き菓子）は女たちがみんなで頬張る。

毎夕、作業場を閉めると、ジュリアは父の枕もとを訪れ、読み聴かせをする。悲劇のさなか、こんなに生き生きしているのが、ときに後ろめたくなる。父が死と戦っているときに、体がかつてない歓喜にうち震え、満ちたりている。だが、悲しみや苦悩に押しつぶされず、もちこたえるためには必要なのだ。カマルの肌は鎮痛剤、膏薬《こうやく》、この世の苦しみを癒してくれる特効薬。ひたすら快楽に身をゆだねていたい、だって快楽は気をしっかりもたせ、生きていると実感させてくれる。いまは、うちのめされたかと思えば、よろこびに舞いあがる両極の感情に引き裂かれている。綱渡り芸人のように風のまま揺れているような気がする。人生では往々にして、いちばん陰鬱なときと輝くときが表裏一体になる、と思う。失いながら得てもいる。

今日はマンマに頼まれ、作業場の父の事務室に書類をとりに行く。病院から要求された書類が見つからず、まったく、なんて厄介なの、と母は嘆く。ジュリアは嫌とは言えない。だが、事務室に入るのは気が進まない。事故以来、いちども足を踏み入れていない。父のものには手を触れたくない。父が昏睡《こんすい》から覚めてもどったとき、もとのままにしておきたい。そうすれば、みんなが帰りを待っていたと知ってもらえる。

事務室に改装された映写室のドアを押す。一瞬ためらってから入る。壁には父ピエトロ、祖父、そして曾祖父、作業場を率いてきたランフレッディ家当主三代の額入り写真が飾ってある。別の壁にはたんに画鋲《がびょう》で留められた写真がある。赤ん坊のフランチェスカ、ヴェスパに乗るジュリア、初聖体の日のアデラ、花嫁衣裳《いしょう》のマンマはぎこちない微笑みを浮かべている。教皇もいる。フランシスコではなく、いちばん崇拝されているヨハネ＝パウロ二世だ。

事務室は事故の朝のままだ。ジュリアは父の椅子、ファイル、灰皿を見つめる。父が吸殻を捨てる粘土の灰皿は、子供のころつくってプレゼントしたものだ。父の居室は抜け殻のようでありながら、奇妙にも父の息吹が感じられる。デスクのうえの手帳はあの恐ろしい日、七月十四日のページが開かれたままだ。ジュリアにはどうしてもページをめくれない気がする。まるで、ふいに父がもとの姿で黒い表紙のモレスキン手帳のなかに、行間に、書かれた言葉のインクのなかにも、ページの下のちいさなしみにも、紙に固定されているかのよう。空気中の粒子の一つひとつ、家具調度の原子一つひとつに、父が息づいているような気がする。

一瞬、ジュリアは引き返してドアを閉めたくなる。だが動かない。例の書類を持っていくと、マンマに約束したのだ。おもむろに最初の引出し、次に二番目の引出しを開ける。いちばん下の三番目の引出しには鍵がかかっている。ジュリアには意外だ。胸がざわつく。パッパに秘密はない、ランフレッディ家では隠し事などしない……。なのになぜ、この引出しには鍵がかかっているの？

頭のなかで疑念が渦を巻く。想像力が、放たれた暴れ馬のように駆けめぐる。父に愛人がいる？　二重生活？　あの蛸《ピオツヴラ》が父にも触手をのばしていた……？　ランフレッディ家の人間は、そんな手合いじゃない……。それならなぜ、こんなに胸が騒いで、疑いが暗雲のように垂れこめるの？

探すと、鍵はマンマがプレゼントした葉巻入れのなかにすぐに見つかった。ジュリアはぞっとする——こんなことして、いいの？　やめるならいまだ……。

震える手で鍵をまわす。ついに引出しは開く。なかには書類のたば。ジュリアはそれを取りだす。

すると、足もとががらがらと崩れる。

サラ

カナダ、モントリオール

はじめ、サラの計画はうまく機能した。

二週間の休暇を取って手術に臨んだ。三週間必要だ――一週間の入院と二週間の完全休養を医師にはつよく勧められたが、休養は一週間に短縮した。法律事務所で疑念を呼びさまさず、堂々と休めるのはこれが限度だ。最後のバカンス旅行からもう二年、子供たちは学校があり、法廷の審問は町に降りしきる雪のように次々と降ってくるのに、十一月の真ん中に誰が三週間も休暇を取れよう？

誰にも、職場にも家にも何も言わなかった。子供たちには「治療」を受けると説明し、不安がらせないよう「たいしたことではない」とつけくわえた。その一週間、双子は彼らの父親の家にあずけ、アンナも彼女の父親の家に行く手はずにした。アンナは嫌がったが、結局母の意志に従った。子供は入れないから、病院には見舞いに来てもらえないと言っておいた。ささやかな嘘《うそ》だと自分に言いきかせ、かすかな心の痛みを和らげようとした。子供たちはあの場所、きついにおいのする白い地獄から遠ざけておきたい。病院で何より不快なのは、あのにおい、胸の悪くなる消毒薬と漂白剤の混ざったにおいだ。そんな場所で、衰弱し頼りなげな姿を見られたくない。

アンナはとりわけ感じやすい。ちょっと空気が揺れても震える木の葉のようだ。娘が他人の痛みを感じやすいことに、サラは早くから気づいていた。世界の苦しみに共鳴し、自分のことのように苦しむ。一種の才能、第六感のようなもの。ちいさいころ、ほかの子が怪我をしたり、叱られたりするのを見て泣きだしたものだ。テレビのドキュメンタリーやアニメを見ては泣いた。サラはときに心配になる。あんなに過敏に、よろこびにも悲しみにもさらされていたら、この先どうなるのだろう？　娘に言ってあげたい——自分を守りなさい、武装しなさい、世界は厳しく人生は過酷なのだから、まともに当てられ傷つけられちゃだめ、みんなのようにエゴイストになりなさい、無神経で動じない人間になりなさい。

わたしのように。

とはいえ、娘が感じやすいのは事実で、それを考慮に入れてやっていくしかない。すると、娘には言えない。十二歳のアンナは癌《がん》という言葉の意味をわかりすぎるほどわかるだろう。しかも楽観できないと察するだろう。サラは病気につきものの不安、重荷を娘に背負わせたくない。

もちろん永遠に嘘をつきとおすことはできない。いつか子供たちに訊かれるだろう。そのときは話し、説明してあげなければならない。遅いに越したことはないけれど、とサラは思う。嫌なことを後回しにし、あとでとばっちりを食っても、かまわない。これが彼女のやり方。

父にも兄弟にも何も言わない。二十年まえ、サラの母は同じ病で死んだ。またあの闘病生活や感情のジェットコースターに巻き込みたくない。希望と絶望、小康状態、再発といった言葉が意味するものを、サラはよく知っている。ひとりで黙って戦おう。自分にはそれだけのつよさがあると思っている。

法律事務所では誰も何も気づいていない。疲れた様子をイネスに指摘されただけ。顔色が悪いですよ、と休暇後、復帰したサラは言われた。幸い、冬で体はシャツやセーター、コートに覆い隠されている。襟ぐりの開いた服を避け、以前より念入りに化粧すればこっちのもの。スケジュール帳に記入する暗号を工夫して整備した。病院での予約（待ち合わせ　H）、いつも正午から午後二時に入れる検査、採血、レントゲン撮影（ランチ　R）といった具合だ。同僚からは、愛人がいると思われるようになるだろう。正直、そう考えると悪い気はしない。ときおり空想する、ランチタイムに男と待ち合わせする自分……。海辺の町の孤独な男……。現実なら、なんて甘美なことか……。夢想はそこまで、病院と治療と検査に容赦なく引きもどされる。若手弁護士のあいだではいち早く話題になる。彼女、また今日も外出した……昨日の午後も、すこしだけど……そう、携帯の電源を切ってる……。つまりサラ・コーエンには法律事務所とは別の生活もある……？　サラが昼に朝に、ときには午後にも会っている男は誰……？　同僚？　パートナー弁護士の誰か？　既婚男性ではないか、とイネスは言い、女性が相手ではないかと言う者もいる。でなければ、どうしてあんなに用心する？　そんなことはおかまいなしに、サラは外出をくりかえす。計画はうまくいっているように見える。

すくなくとも、いまのところは。

失敗のもとになるのは些細《ささい》なこと。殺人犯もそのせいで、しばしば自白に追い込まれる。イネスの母は病気だ。サラは知っていたはずだ。思い返せば、ずいぶんまえ、前年に知らされていた。サラは気の毒に思い、そのあとは考えることもなく、情報は容量オーバーの脳のはしに追いやられていた。考えるべきことがたくさんあるのだ、誰にサラを責められよう。もし、コーヒーマシンのまえで暇をつぶし、廊下でぶらぶらし、誰かと一緒に昼食――ふだんサラがけっしてしないこと――をしていたら、情報はまた耳に入ってきただろう。しかし、法律事務所内でのやりとりは本質的なことだけ、厳密に職業上のことにかぎられていた。軽蔑とか敵意ではなく、むしろ時間のなさ、余裕のなさのためだ。サラはプライベートな面はすこしも見せず、他人のそれにも首を突っ込まない。誰にでも秘密の園がある。別の状況、別の人生なら同僚たちとつきあい、友達にすらなっていたかもしれない。だが、この人生においては仕事以外の余地はない。サラは部下に対してつねに礼儀正しくふるまっても、なれなれしくすることは絶対にない。

イネスは彼女にそっくりだ。私生活を軽々しく打ち明けない。サラはそれを長所として評価する。若き弁護士だったかつての自分の姿をかさねる。若手弁護士の採用面接で、彼女を選んだのはサラだ。イネスは実際、正確で能率がよく勤勉だった。同期ではいちばん優秀だ。持てる手段をフルに活用できれば、もっと上にいける、とサラは彼女に言ったことがある。

よりによってその日、イネスが母親を病院の検査に連れて来ようなど、こんな状況のサラにどうして予測できただろう？

サラはスケジュール帳に「待ち合わせ　H」と記していた。Hとは男《Homme》でも経理課のアンリ《Henry》でもなく、有名なアメリカ人俳優にそっくりな、隣りの部署の若くハンサムな弁護士エルベルト《Herbert》でもない。そうではなく、Hとはたんにアダッド《Haddad》医師、残念ながらハリウッド的なところは微塵《みじん》もないサラの癌専門医だ。

まえの週、イネスが珍しく一日休暇を願い出たとき、サラは承諾した。頭のなかにメモし、そのあと忘れた。しばらくまえから、ときに物忘れをするのは、きっと過度の疲れのせいだ。

まもなく、ふたりは大学病院の癌病棟の待合室で鉢合わせする。どちらも同じ驚いた表情を浮かべることになる。サラは声も出ない。気まずい間《ま》をうめるため、イネスは母親に紹介する。

こちらがサラ・コーエン、一緒に働いているパートナー弁護士よ。
はじめまして、マダム。

サラは礼儀正しく、動揺は微塵も顔に出さないだろう。平日の昼日なか、レントゲン写真を小脇にかかえた上司が、癌病棟の廊下で何をしているのか、イネスが察するのにそう時間はかからない。一瞬ですべてが水の泡——愛人関係、既婚男性、つやっぽいランチ、秘密の待ち合わせ、昼下がりの情事。サラの仮面ははがされる。

体面を保とうと、サラは悪あがきする。部屋を間違えたみたい、友達のお見舞いに来たのだけど……。イネスは騙《だま》されない、とわかっている。イネスはそくざにパズルを組み立てるだろう——みなを驚かせた先月の二週間の不在、すこしまえからたびかさなる外での約束、サラの顔色、痩せ方、法廷での失神、動かぬ証拠となる手がかりはいくらでもある。

できるものなら、その場から消えてしまいたい。双子が大好きな、驚異的パワーを持つスーパーヒーローのように飛んでいきたい。手遅れだ。
あやまちの現場を押さえられたように、この若手をまえにびくついている自分が、ふいに愚かしく思えてくる。癌なのは犯罪ではない。それに、イネスに弁解すべきことなど何もなく、彼女にも誰にも負い目はない。

気づまりな沈黙に早くけりをつけたくて、サラはイネスと母親にあいさつし、まわれ右をし、しっかりした足どりであってほしいと念じながら、その場をあとにする。タクシー乗り場へ向かいながら疑念にかられる――イネスはこの情報をどうするだろう？　暴露するか？　サラは引き返し、廊下のイネスに追いついて、何も言わないでと懇願したくなる。だが我慢する。そんなことをすれば、自分の弱さを認め、イネスを優位に立たせ、力をもたせるようなものだ。
別の戦略をとる――明日、オフィスに着いたらイネスを呼んで、法律事務所の最も重要なクライアントの仕事、いま注目のビルグヴァール訴訟の補佐役をもちかける。

確実な昇進、若手弁護士には断りようのない願ってもないポスト。嬉《うれ》しがって、サラに恩義を感じるだろう。うまくすれば、サラの言いなりになるだろう。イネスの口を封じ、忠誠を確かなものにする巧妙な手だ、と思う。イネスは野心家だ。しゃべって上司の怒りを買っても、なんのたしにもならないとすぐ理解するだろう。

サラは練りあげたばかりの計画に安心し、病院をあとにする。ほぼ完璧だ。

忘れていることがひとつだけ、とはいえそれは長年キャリアを積んで学んだことだ——サメの群れのなかで泳ぐときは、血を流していないほうがいい。

作品がゆっくりできてくる、
しずかに成長する森のように。
これは神経をつかう作業、
邪魔が入ってはいけない作業。

けれど孤独は感じない、
ひとり仕事場にこもっていても。

時々、指に奇妙なダンスをさせたまま、
私が生きたことのない人生に思いを馳《は》せる。

したことのない旅に、
会ったこともない顔に思いを馳せる。
私は鎖の環のひとつにすぎない。
ささやかだけど、大切な環。
私の人生はそこにある、
目のまえに張られた三本の糸に、
指先で踊る、
髪のなかに。

スミタ

インド、ウッタル・プラデーシュ州、バドラプールの村

ナガラジャンは寝入った。傍らに横たわるスミタは息をひそめる。いつも、はじめは眠りが浅い。夫を起こしたくなければ、待つべきだとわかっている。

今夜、発《た》つ。スミタは決めた。というより、人生がそう決めてくれた。計画をこんなに早く実行に移すつもりはなかったが、チャンスが天恵のように降ってきた。その日の朝、バラモンの妻が歯槽膿漏《しそうのうろう》に悩み、村医者のところへ行って留守にした。スミタは、彼らが便所にしている悪臭芬々《ふんぷん》たる穴をそうじしている最中、妻が家を出るのを見た。数秒で心を決めた。またとないチャンスだ。用心して台所のそばの配膳室に

忍び込み、米櫃《こめびつ》を持ちあげる。夫婦はその下に金をしまっている。盗みではない、自分の金を返してもらうだけ、正当な返還だ、とスミタは自分に言いきかせる。バラモンにさしだした金額だけ、一ルピーだって余計にはとらない。たとえ相手がどんなに金持ちでも、小銭一枚だって他人から盗むなど、彼女の主義に反するし、そんなことをすればヴィシュヌ神の怒りに触れる。スミタは泥棒ではない。卵一個を盗むくらいなら、飢え死にしたほうがまだましだ。

金をサリーの下に隠し、家へいそいだ。熱に浮かされたように荷物をまとめた。最低限だけ、あまり持っていけない。ラリータも彼女もきゃしゃで、重い荷物は運べない。いくらかの衣類と食糧、弁当にする飯とパパダン（豆のペーストを薄くのばして揚げたもの）はナガラジャンが畑にいるあいだに大いそぎで拵《こしら》えた。ナガラジャンは行かせてくれないとわかっている。その後、計画について話していないが、スミタには自分のおかれた立場がわかっている。計画を実行に移すには夜を待つほかなく、それまでにバラモンの妻に何も気づかれないことを祈るしかない。金がなくなったと気づかれたが最後、スミタの命は危なくなる。

　ヴィシュヌ神をまつるちいさな祭壇のまえにひざまずき、庇護《ひご》をもとめてスミタは祈る。チェンナイまで、徒歩と、バスと列車を乗り継いでたどる二千キロの長い道中、自分とラリータをお見守りくださいと祈願する。苦しく危険で、行き着く先も定かではない旅。スミタの体に熱いものが駆けめぐり、この瞬間、無数の不可触民がともにちいさな祭壇のまえに額《ぬか》ずいて祈っているような気がする。そのときヴィシュヌ神に誓いをたてる。バラモンの妻に気づかれず、ジャート族に捕らえられず、自分と娘が首尾よく逃げおおせ、ヴァラナシまで着いて列車に乗り、南部まで生きて到達できたら、ティルパティの寺院に参詣《さんけい》する。チェンナイから二百キロと離れていないティルマラ山の聖地が世界最大の巡礼地のひとつであることを、スミタは聞いたことがある。毎年何百万もの参詣者が訪れ、ヴィシュヌ神の化身のなかでも、とりわけ崇敬されている山の主、スリ・ヴェンカテスワラに貢ぎ物を奉納する。崇拝する守り神ヴィシュヌは見捨てずにいてくれるはず。目のまえの祭壇にある角《かど》のすりきれたちいさな絵、腕が四本ある神の極彩色の絵姿をとり、サリーの下にひそませ抱きしめる。こうしてそばについていてもらえば怖いものはない。ふいに見えないコートが肩にふりかかり、つつみこんで危険から守ってくれるかのようだ。こうしてつつまれ、スミタは無敵だ。

いまや村は闇にしずんでいる。ナガラジャンの寝息は規則的になり、鼻からかすかな鼾《いびき》が漏れる。ごぼごぼと気に障る音ではなく、母の腹でまるくなる赤ちゃんトラが喉を鳴らすような安らかな音だ。スミタの胸が締めつけられる。この男を愛し、そばにいる安心感に慣れていた。夫の意気地のなさ、生活を覆いつくす苦い諦念が恨めしい。一緒に発てたらどんなによかったか。彼が戦うのを拒んだとき、愛するのはやめた。愛ははかないもの、ふいに訪れまた去ってしまうこともある、と思う。

布団を押しやると、めまいに襲われる。こんな旅に出るなんて、正気の沙汰ではないのではないか？　自分がこれほど頑固でなく、憤慨もしていなければ、腹のなかで蝶《ちょう》が羽ばたいていなければ、ナガラジャンやほかのダリットのように、あきらめて運命を受けいれただろう。また布団にもぐって夢も見ずにぼんやりと、夜が明けるのを待つだろう。死を待つのと同じように。

だが、もうあともどりはできない。バラモンの米櫃の下から金をとった。あとには引けない。捨て身ではるか彼方へ——あるいは、どこにたどり着くともしれない——旅にのりだす。恐れているのは死や苦しみではない。自分のことならたいして心配はしていない。けれど、ラリータの身を思えば、すべてが心配だ。

娘はつよい、と何度も自分に言いきかせる。生まれた日から知っていた。分娩《ぶんべん》後、のぞき込んだ村のとりあげ男は赤ん坊に嚙みつかれた。男は面白がった。歯のないちいさな口は、手にかすかな痕を残しただけだった。とはいえ、一筋縄ではいかない子供になるだろうと男に言われたものだ。腰掛けほどの背丈もない六歳のダリットの娘は、バラモンに、いやです、と言った。教室の真ん中でバラモンの目を見据え、いやです、と言った。生まれがよくなくとも、勇気はもてる。そう考えると、スミタは力がわいてくる。いいや、ラリータをはきだめにうちすてはしない、娘を呪われた義務《ダルマ》には渡さない。

眠っている娘に近づく。子供の眠りは奇跡のようだ、とスミタは思う。ラリータの眠りがあんまり安らかで、起こすのは心が痛む。娘の顔はリラックスし、調和がとれて愛くるしい。眠っていると、いっそうあどけなく、赤ん坊のようにも見える。夜中に逃げるため、寝ている娘を起こすなんて。こんなことをせずにすんだら、どんなにいいか。娘は母の思惑などつゆ知らず、父親の顔を見るのは、今夜が最後だとも考えていない。スミタはそんな無邪気さが羨ましい。眠りへの逃避など、ずっとまえに失った。夜は底なしの淵《ふち》でしかなく、夢はいつもそうじするはきだめ同様、黒々としている。向こうに行けば、変わるだろうか？

ラリータが抱いて眠っているのは唯一持っている人形、五歳の誕生日の贈り物――赤いスカーフを頭に巻いたちいさな「盗賊の女王」プーラン・デヴィの人形だ。下級カースト出身で、十一歳で結婚、逆境に立ち向かったことで名高いこの女性の話を、スミタは娘によく語って聴かせる。盗賊団《ダコイト》の首領として、虐げられた者を擁護し、下級カーストの娘を所領内で強姦する裕福な領主らを襲撃した。金持ちから奪い、貧乏人にあたえる女義賊、戦いの女神ドゥルガーの化身ともみなされた。四十八の罪に問われ逮捕収監され、釈放後、国会議員に選出されたのち、三人の覆面男に路上で暗殺された。ラリータもここの少女たちも、みんなこの人形が大好きだ。どこの市場でも売られている。

ラリータ。
起きて。
来て！

娘は自分だけの夢の世界から出てくる。寝ぼけまなこで母を見る。

音をたてないで。
服を着て。
早く。

スミタは身支度を手伝う。娘はされるがまま、不安げに母を見つめる——真夜中にいったいどうしたんだろう？

来てのお楽しみよ、スミタはささやく。

家を出て、もうもどらないと言う勇気はない。引き返せない切符、よりよい人生への片道切符だ。バドラプールの村の地獄は金輪際ごめんだ、とスミタは自分に誓ったのだ。ラリータは理解できず、泣くかもしれないし、行くのを嫌がるかもしれない。計画を台無しにする危険は冒せない。だから嘘をつく。ささやかな嘘にすぎない、と言いきかせ自分を慰める。現実をちょっと飾るだけ。

出発まえ、ナガラジャンを最後に一瞥《いちべつ》する。スミタのトラはすやすや眠っている。その傍らの、からっぽになった自分の場所に紙片をおく。おき手紙ではない。字は書けない。チェンナイのいとこの住所をたんに写した。自分たちの出発で、ナガラジャンにいまは欠けている勇気がわくかもしれない。ひょっとして力がわいて、向こうに会いに来てくれるかもしれない。ひょっとしたら。

たいして未練もなくあとにするあばら家と、ここでの生活を見おさめて、スミタは娘の冷たい手を取り、暗い原野へのりだして行く。

ジュリア

イタリア、シチリア島、パレルモ

まさか、こんなことだけは予想していなかった。

パッパの事務室で、ジュリアは引出しの中身をまえにしている。執行官の書簡、督促状、書留郵便が際限なくある。真実に平手打ちを食らったようにうちのめされる。ひと言にすれば――倒産。作業場は負債をかかえて潰れる。ランフレッディ家は破産だ。

父はそんなことをおくびにも出さなかった。誰にも明かさなかった。思い返せば、いつかいちどだけ会話のなかで、毛髪《カスカトゥーラ》をとっておく伝統がすたれつつあると言っていたかもしれない。現代生活で伝統は断末魔にあり、シチリア人はもう髪の毛を保管しなくなった、と父は言っていた。実際、ものをとっておく人はもういない。古いものは捨て、新品に買い替える。親戚と大きな食卓をかこんで話題にしていたのをジュリアは思い出す。じきに原料が不足する、と父は漏らしていた。六〇年代、パレルモにはランフレッディ工房の同業者が十五あった。すべて閉鎖された。父は最後の生き残りを自負していた。作業場にも不況があったのは知っていたけれど、まさか倒産寸前だなんて想像もしていなかった。そんな可能性すら考えていなかった。

だが現実を直視しなければならない。会計報告によれば、営業できるのはせいぜいあと一カ月。毛髪がなくては、操業停止で従業員は職にあぶれる。給料は支払えない。破産を申し立て、作業場を閉鎖するしかない。

そう考えてジュリアは呆然《ぼうぜん》とする。何十年も一家は作業場からの収入で生活してきた。母は働くには年をとりすぎているし、アデラはまだ高校生だ。姉のフランチェスカは専業主婦、夫は給料を賭けにつぎ込む浪費家だ――パッパが月末に援助することもまれではない。みんなはどうなるのだろう？　家は抵当に入っていて、財産はすべて差し押さえになる。従業員は失業する。超特殊な業種だから、再雇用してくれそうなところは、もうシチリアにはない。なんでも分かちあった姉妹同然の彼女たちは、いったいどうなるのだろう？

ふと病院で昏睡状態のパッパを思う。突然、身を硬くする。恐ろしい想像が頭をよぎる。ヴェスパにまたがる父、あの朝、外回りに出かけ、追いつめられ絶望した父は、走りながらどんどんスピードをあげ、道は険しくなる……。不吉な想念を払いのける。いいや、父はそんなことはしない、妻や娘、従業員を見捨てて路頭に迷わせたりしない……。ピエトロ・ランフレッディは信義にあつく、不幸のまえでこっそり逃げ出すような人ではない。とはいえ、父の誇り、成功、人生の真髄は、このパレルモのちいさな作業場、自分の祖父が創業し、父から受け継いだこの作業場であることを、ジュリアはよく知っている。従業員の解雇、会社の清算を余儀なくされ、人生をかけた仕事が煙のように跡形もなくなったら……？　傷口が化膿していくように、ジュリアはにわかに残酷な疑念に蝕まれる。

船は沈没しつつある、とジュリアは思う。自分もマンマも、姉妹も従業員も、まだみんな船上にいる。まさにコスタ・コンコルディア（イタリアのコスタ・クルーズが運航していた豪華客船、二〇一二年に座礁転覆事故）、船長は脱出し、沈没は避けられない。救命ボートも浮き輪も、しがみつくものは何もない。

作業場の仲間の話し声で、現実に引きもどされる。いつもの朝のように、おしゃべりしながら持ち場につくところだ。一瞬、ジュリアは彼女たちの軽やかさが羨ましくなる。何が待ち受けているか、まだ知らない。引出しを棺のようにおもむろに閉め、鍵をかける。みんなに今日は話したくないし、嘘もつきたくない。何事もなかったかのように、一緒に仕事にかかることもできない。だから、屋上の実験室《ラボラットリオ》に避難する。父がしていたように、海をまえにしてすわる。父はこんなふうに何時間でも海を眺めていた。海はいくら見ていても見飽きない、と言っていた。いまジュリアはひとり、その苦悩など海はおかまいなしだ。

昼、カマルと待ち合わせ場所の洞窟で会う。悩みは話さない。彼の肌に悲しみを紛らせる、それが望み。セックスする刹那、世界の残酷さはすこし和らぐ。彼女が涙を流すのを見て、カマルは何も言わない。口づけが塩水の味になる。

夕方、ジュリアは家に帰る。頭痛がすると言って部屋にあがって閉じこもり、ベッドにもぐり込む。

その晩、彼女の眠りは異様なイメージであふれかえる——解体された父の作業場、からっぽの家、それが売却される、半狂乱の母、通りに立ちつくす作業場の女たち、回収した毛髪が海に撒《ま》き散らされ、一面が髪の海、それが荒れ狂う……。ジュリアは何度も寝返りをうち、考えまいとするが、どうしてもふり払えない強迫的な夢のよう、不気味な音楽が鳴りやまない地獄のレコードのように、イメージが執拗《しつよう》にあらわれる。夜が明けて、ようやく煩悶《はんもん》から解放される。起きあがると吐き気がし、頭ががんがん痛み、一睡もしなかったような気がする。足は氷のように冷たく、耳鳴りがする。

よろよろと浴室まで行く。熱いシャワーか冷水シャワーで悪夢から抜けだし、疲れきった体をしゃきっとさせたい。バスタブに歩み寄り、ぴたりと動きをとめる。

すみに蜘蛛《くも》が一匹いる。

ちいさな蜘蛛で、体は細く脚はレースのように繊細だ。きっと配管をつたってここまでのぼり、出てみたら、ほうろう引きの無限の白に囚われの身になった。はじめは奮闘したにちがいなく、冷たい壁面をのぼっては、きゃしゃな脚がすべってバスタブの底へ逆もどりする。結局、じたばたしても無駄と悟り、いまはじっと運命を、別の解決策を待っている。どんな解決策？

そのとき、ジュリアの目から涙が流れる。白いほうろうのうえの黒い虫にそこまで動揺したわけではなく――たしかにこの手の虫は苦手で、見ただけでぞっとしてパニックに陥るが――むしろ、窮地に追い込まれ、脱出もできず、誰にも助けてもらえないのが、蜘蛛も自分も確実だからだ。

ベッドにもどって、もう布団から出たくない。いなくなる、そう考えるのは心地よく、ほとんど魅力的だ。こんな苦悩をかかえ、あまりに大きな波にのみ込まれ、どうしていいかわからない。子供のころ、家族で海水浴に行ったサン・ヴィート・ロ・カポで溺れかけたことがある。ふだんは穏やかな海が、珍しく荒れていた。とりわけ強力な波にさらわれ、数秒間、世界から切り離され、海の泡のなかでもみくちゃにされた。口は砂で一杯になり、ちいさな砂利も混じっていたのを憶えている。一瞬、天も地もわからず、現実の輪郭がかすんだ。つよい流れに底のほうへ引き込まれ、まるで誰かに足首をつかまれたかのようだった。思いがけないことに意識が朦朧《もうろう》とし、思考が現実に追いつけないその刹那、もう浮きあがれないと思った。もうおしまい。あきらめかけた。そのとき父の手につかまれ、水面に引きあげられた。我に返って驚き、ショックを受けていた。生きていた。

こっちの波では、悲しいことに、浮かびあがれそうにない。

運命がランフレッディ家をつけねらう、とジュリアは思う。イタリア中部の同じ場所ばかりを何度も襲う地震のように。

一家は父の事故に衝撃を受けた。作業場の死に、とどめを刺されようとしている。

サラ

カナダ、モントリオール

サラは感じる。法律事務所で何かが変わった。はっきり言えないくらい微妙で、ほとんど感知できない変化が、たしかにある。

はじめは、あいさつの声の抑揚やまなざし、調子を尋ねるとき、あるいはまったく何も尋ねないときのかすかなわざとらしさ。次に、ちょっと気まずげな口調や目つき。無理に微笑む者がいる。でなければ、よそよそしい。何もかも不自然だ。

最初は、彼らの虫の居所でも悪いのだろうと思う。うっかりして変な外見をしているのだろうか？　だが彼女の外見は、いつものように一分の隙もない。子供のころ、女性教師がゴミ袋を持って登校したのを憶えている。平然とした顔でゴミ袋を教壇において初めて、家を出がけに自分のハンドバッグを誤って捨てて来たことに気づいた。教師は無頓着に、学校までゴミ袋を持ち歩いていたのだ。当然、生徒たちはどっと笑った。

翻《ひるがえ》って、いまのサラの服装は完璧だ——トイレの鏡で時間をかけてチェックしている。疲れた顔つきと、なんとか隠しおおせている痩せた体のほか、不都合は見あたらない。それなのに、法律事務所の人たちとの関係でいままで体験したことのない、このよそよそしさはなんなのだろう？　数日まえから、いつのまにか変な距離ができていて、それは自分からとった距離ではない。

秘書のひと言、たったひと言でサラは理解する。

お気の毒です、と声をひそめ、悲痛な目をして言われる。一瞬、ほんの一瞬、秘書がなんの話をしているのかサラは訝《いぶか》しむ——災害かテロでもあったのか？　突発的な嵐、事故、死？　自分のことだと気づくのに時間はかからない。そう、犠牲者、被害者、悼《いた》まれているのは自分なのだ。

サラは啞然《あぜん》とする。

秘書が知っているなら、みんな知っている。

イネスがしゃべったのだ。盟約はいきなり断りもなく破られた。秘密を暴露された。情報は燎原《りょうげん》の火のごとく、たちまち法律事務所内に広まり、廊下をつたってすべてのオフィス、会議室、カフェテリアへと広がり、ついに最上階の最高幹部ジョンソンのもとへ到達する。

サラが信頼していたイネス、サラが選び採用したイネス、毎朝微笑みかけてくれるイネス、同じ訴訟を担当しているイネス、特別に目をかけていたイネス、そう、そのイネスに最も卑劣なやり方で裏切られた。

〝ブルータス、おまえもか〟

イネスは秘密をいちばん教えるべきでない人物に打ち明けた――パートナー弁護士のなかで最も野心家で嫉妬深く、女嫌いで、入所したときからサラを目の敵《かたき》にしているガリー・クルスト。裏切り者は法律事務所のためを思ってとしらじらしく悲痛な顔で自己弁護してから言いたす。すみません。イネスがすまなく思っているなど、サラはこれっぽっちも信じていない。警戒すべきだった。イネスはそつがなく政治的、身も蓋もない言い方をすれば要するに腹黒い、つまり力のある者になびく。それは汚い手段もいとわない、ということ。たしかに、イネスは偉くなるだろう、とサラは言ったことがある。持てる手段をフルに活用できれば。

イネスは良心の呵責からクルストのところへ行き、いま一緒に取りくんでいる訴訟――財政上、法律事務所の将来がかかるビルグヴァール訴訟――で、サラがちょくちょくミスを犯すと相談した。ちょっとしたどじで、もちろん罰するほどではないし、ましていまの彼女の状態ではいたしかたない。

どじなど、サラはけっして踏んでいない。たしかに治療が始まってから、集中力も注意力も低下し、ときに細かいこと、人の名前や用語を会話のなかで失念することがあるが、いかなる場合も仕事の質を落としてはいない。面談も会議もいちども欠席していない。内心、弱っていると感じても、表に出さないよう努力を倍加している。どじもミスも犯していない。イネスは知っているはずだ。

それならなぜ？　なぜサラを裏切るのか？　いまさら悟って心が凍りつく。イネスはサラのポストが欲しいのだ。パートナー弁護士の地位。法律事務所で昇進の機会はかぎられ、若いアソシエイト弁護士はそう簡単に昇格できない。弱っているパートナー弁護士、それは開かれたドア、見逃せない絶好のチャンスだ。

クルストも利を嗅ぎつける。まえまえからサラとジョンソンの信頼関係には嫉妬していた。おそらくジョンソンは、サラを次期首席パートナーに指名する。ただし、彼女の昇進をはばむ何かが起これば話は別……。そうなれば、ガリー・クルストは自分がトップの座におさまっていてもおかしくないと思っている。長患《ながわずら》いする病、命取りになりかねない悪性の病、蝕まれ消耗し、仕事がおろそかになりうる病、敵を倒すには恰好《かっこう》の武器だ。クルストは手を汚すこともない——完全犯罪。チェスの盤上で歩《ポーン》が倒れれば、ひとマス進めるのと同じこと。倒れる歩《ポーン》とはサラのことだ。

悪意ある耳にひと言、たったひと言ささやけば、それで十分。もうあとの祭りだ。

いまや周知の事実——サラ・コーエンは病気だ。

病気、それはひ弱で頼りにならず、訴訟を中途で放棄し、全力をつくさず、長い休暇を取りかねないことを意味する。

病気、それはあてにできないということ。最悪の場合、急にくたばるかも、一カ月先か一年先か、ありえないことじゃない。そんな恐ろしい会話が、声をひそめもせず交わされるのを、サラは廊下で耳にはさむ——うん、ありえないことじゃない。

病気、それは妊娠よりたちが悪い。妊娠なら期限がある。癌はひねくれていて再発しうる。頭上に吊るされたダモクレスの剣《つるぎ》、どこにでもついてまわる黒雲のようなもの。

サラは承知している。弁護士とは颯爽《さっそう》とし、有能で積極的でなければならない。弁護士は頼もしく、説得力があり、好意を味方につけなくてはならない。ジョンソン&ロックウッドのような大きなビジネスコンサルタント法律事務所の活動は、莫大《ばくだい》な富を左右する。誰もが抱く疑いは想像がつく。彼女にまかせていいのか？　数年かかる重要案件を託せるのか？　そもそも口頭弁論まで、もつのか？　徹夜や週末出勤をつづけられるのか？　だいたい、そんな体力があるのか？

最上階のジョンソンのオフィスに呼び出される。彼は不満げだ。サラの口から直接話してもらいたかった。長年、信頼してきた関係なのに、なぜひと言もいってくれなかったのか？　サラは、彼の口調を初めて不快に思う。父親ぶった尊大なそぶりは、思い返せばむかしからで、吐き気がする。これは自分の体のこと、健康問題で、いちいち報告する筋合いはないと言ってやりたい。サラにすこしでも自由があるなら、まさにそこ、その件には触れないという自由ではないか。勝手にしろと言ってやりたい。そしらじらしく心配そうな顔をして、実際、何を気に病んでいるかはわかっている。それは彼女が元気かどうかではなく、気分はどうかでも、一年後にまだいるかですらなく、気になるのはもっぱら、サラがこれまでどおり仕事をこなせるか、案件をこれまで同様、処理できるのか。ひと言にすれば、性能が落ちていないかどうかだ。

もちろん、サラはそんなことは口に出さない。冷静だ。落ち着き払って、ジョンソンを安心させようとする——いいえ、長期休暇を取るつもりはない。不在にすることもないだろう。彼女はいる、病気ではあるが、職務は全《まっと》うするし訴訟案件は継続して担当する。

自分が話すのを聴きながら、ふいに法廷に立っているような錯覚をおぼえる。開廷されたばかりの奇妙な裁判で、訴えられているのはサラ自身だ。裁判官のまえでするように、抗弁に説得力をもたせる論拠を探している。なんてこと?! どんな罪に問われているというの?! あやまちを犯したとでもいうの? 何について自分を正当化しなければならないというの?

オフィスにもどると、これからも変わりなくやっていける、と自分に言いきかせようとする。悪あがきだ。ジョンソンが彼女に不利な証拠を集めはじめたことを、胸の奥ではわかっている。

敵は、自分が考えていた相手ではなかったかもしれない、とそのとき思う。

スミタ

インド、ウッタル・プラデーシュ州

スミタはラリータのちいさな手を握り、寝静まる田園を逃げる。このひとときを、自分と娘の運命の流れを選び、転換させたこのひとときを一生忘れないだろう。そう娘に話して聴かせている暇はない。ジャート族に気づかれないように音もなく走る。彼らが目を覚ますころには、遠くまで行っていたい。一秒だって無駄にできない。

いそいで！

幹線道路まで出なければならない。そこでスミタは溝のそばの藪《やぶ》に自転車と食糧の紙包みを隠しておいた。誰にも盗られていないことを祈る。そこからさらに数キロ先の国道五六号線に出て、数ルピー足らずで乗れる白と緑のヴァラナシ行き公営バスに乗る。乗り心地は最低で、安全性も疑わしい——夜間、運転手はバン（大麻入り飲料、多幸感発現効果がある）を飲んでハイになる——が、運賃の魅力にはかなわない。聖都《ヴァラナシ》までは百キロ足らず。そのあと鉄道駅を探し、チェンナイ行きの列車に乗る。

朝日がさしはじめる。幹線道路では早くもトラックが轟音《ごうおん》をあげて行き交う。ラリータは木の葉のように震え、スミタは娘が怯《おび》えているのを察する。娘は村からこんなに離れたことがない。この道路の向こう側は未知、世界、危険。

スミタは自転車を覆っていた枝を取りのぞく。まだそこにある。だが準備しておいた弁当の包みは、すこし離れた溝にずたずたになって落ちている。飢えた犬かネズミが漁《あさ》ったのだ。ほとんど何も残っていない……。空腹をかかえて行くしかない。ほかにどうすることもできない。いまスミタには食べ物を調達している暇はない。バラモンの妻はまもなく、市場へ出かけるまえに米櫃を持ちあげるだろう。すぐに自分が疑われるだろうか？　夫に知らせるだろうか？　探索を始めさせるだろうか？　ナガラジャンはふたりの不在にもう気づいているはず。だめだ、食べ物を探している余裕はない、先をいそがなければ。水のボトルは無事だ。すくなくとも、これが朝食になる。

スミタはラリータを荷台に乗せ、自転車にまたがる。娘が腰に手をまわし、怯えたヤモリのようにへばりつく――人家に大量にいて、子供たちに慕われている緑色のトカゲ類だ。スミタは震えているのを娘に気づかれたくない。道路は狭いが、おびただしい数のタタ・トラック（インドのタタ・モーター社製のトラック）が耳をつんざく大音響をあげて追い越して行く。ここにはなんの規則もなく、大きい者が優先だ。スミタはわななきながら倒れないようハンドルにかじりつく。転倒すれば惨劇まちがいなし。あとちょっと頑張れば、ラックナウとヴァラナシを結ぶ国道五六号線に合流する。

母娘はいま、道路端にすわっている。スミタは自分と娘の顔に布をかける。ふたりとも埃《ほこり》まみれだ。バスを二時間待っている。そもそも今日のうちにバスは来るのか？　ここで時刻表は流動的、というかあてにならない。ようやく車両があらわれると群衆がドアに殺到する。バスはもう満員。乗り込むのはひと苦労だ。バスの屋根にのぼり、バーにつかまって青天井のもと旅をしようとする者もいる。スミタはラリータの手を握り、どうにかこうにか車内に這いあがらせる。奥の長椅子に見つけた半分の空席は、自分たちには十分だ。今度は引き返し、外におきっ放しの自転車を取りに行く。困難な企てだ。数十人の乗客が通路にひしめき、席を見つけられない者、口汚く罵《ののし》りあう者がいる。鶏を数羽持ち込んだ女が、隣りの乗客の怒りを買う。ラリータが窓の外の自転車を指さして叫ぶ。男が自転車に乗って、ぐいぐいペダルをこいで遠ざかる。スミタは血相を変える。男を追いかけていたら、バスが出発し、おいていかれてしまう。ちょうど運転手がエンジンをかけ、バスはぶんぶん音をたてている。むかし買った古い鉄くず、食べ物を買うために売るつもりだったそれを、悄然《しょうぜん》と見送りながら、断念して席にもどるしかない。

バスが揺れる。ラリータは何も見逃すまいと、後部の窓ガラスに顔を押しつける。突然、興奮する。

パパ！

スミタは跳びあがってふりかえる。ナガラジャンが道路にあらわれる。発車したばかりのバスめがけて走りだす。スミタは力がぬけていく。駆けてくる夫の顔には言いようのない表情が浮かんでいる——後悔、狼狽《ろうばい》、やさしさ？　怒り？　速度をあげるバスに、たちまち引き離される。ラリータはガラスをたたいて泣きだし、母をふりかえって助けをもとめる。

ママ、とめてもらって！

バスをとめるなんて不可能だ、とスミタは知っている。乗客をかき分けて運転席までたどり着けないだろう。たどり着けたところで、運転手は減速も停車も拒み、ふたりをバスから降ろすかもしれない。そんな危険は冒せない。ナガラジャンの姿はちいさくなって、じきにちっぽけな点でしかなくなるだろうが、それでも彼はがむしゃらに走りつづける。ラリータは泣きじゃくる。父の姿はやがて視野から消える。永遠に、かもしれない。娘は母親の胸に顔をうずめる。

泣かないで。

向こうで会える。

スミタの声に力がこもり、まるで自分がそう思い込もうとしているようだ。とはいえ、確かなことは何もない。旅が終わるまで、あとどれだけのものを捨てなければならないのだろう、とスミタは思う。涙にくれる娘を慰めながら、サリーの下にひそませたヴィシュヌ神の絵姿に触れる。大丈夫、と自分に言いきかせる。試練つづきの道でも、ヴィシュヌ神がそばについていてくださる。

ラリータは眠り込む。顔には乾いた涙の白っぽい跡がある。スミタは汚れたガラス越しに流れる風景を眺める。沿道には掘ったて小屋、畑、ガソリンスタンド、学校、トラックの残骸、巨木、その木陰の椅子、にわかじたてのマーケット、地面にすわる売り子、新型オートバイのレンタル業者、湖、倉庫群、廃墟《はいきょ》と化した寺院、看板、籠を頭にのせたサリー姿の女たち、トラクター。この沿道はインドそのものだ、インドが新旧、聖俗、純と不純の雑然と入り乱れた名づけようもない渾沌《こんとん》のなかにある、とスミタは思う。

三時間遅れて――ぬかるみにはまったトラックで通行止めになっていた――バスはようやく、ヴァラナシのバスターミナルに到着する。バスはすぐさま男や女、子供、スーツケース、鶏、そのほか屋根と車内に目一杯積み込まれていたものを吐き出す。なかには一頭の雌ヤギもいて、それがバスの屋根から降ろされるのを、ラリータは目をまるくして見つめながら、どうやってヤギがここまで来られたのかと不思議がる。

降り立ったとたん、スミタと娘は都市のエネルギーに圧倒される。どっちを見てもバス、車、三輪タクシー、トラックが、巡礼者を満載し、ガンジス河と黄金の寺院へ向かっている。ヴァラナシは世界最古の都市のひとつ。人々はここに来て身を清め、瞑想《めいそう》し、結婚するだけでなく、近親者を火葬し、ときには死にに来る者もいる。ここでガンガ・ママと呼ばれるガンジス河の、階段状になった岸《ガート》では、昼も夜も生と死が隣りあわせのダンスを果てしなくくりひろげる。

ラリータはこんな光景を見たことがない。スミタは子供のころ両親に連れられて巡礼に来たこの町の話を、娘によく語って聴かせた。スミタと両親は聖なる河の五カ所で、定められた順に沐浴《もくよく》する巡礼パンチ・ティールタ・ヤートラをおこなった。家族はしきたりどおり、黄金の寺院で祝福を受けて巡礼をしめくくった。スミタは両親と兄弟のあとについて行くばかりだった。旅の印象は強烈で、忘れられない思い出だ。火葬場でもあるマニカルニカーのガートはとりわけ印象に残っている。燃えあがる薪のうえに、老女の遺体が見えたのをいまでも憶えている。遺体はガンジス河で清められ、乾かされてから火葬されるしきたりだ。炎が遺体を舐《な》めたあと、ぼうぼう爆《は》ぜる恐ろしい音をたてて貪欲にむさぼるのを、スミタは驚愕《きょうがく》して見つめた。不思議なことに、親族は悲しげではなく、先祖の解放、解脱《モクシャ》をよろこんでいるようにすら見えた。会話する者あり、カードゲームをする者あり、笑っている者さえいた。白い服を着たダリットが、昼も夜も働いていた。火葬が穢《けが》れた作業ならば、当然、彼らに割りあてられる。彼らは薪にする大量の木を調達し、それをガートまで小舟で運んでいた。これからくべられる薪が河岸にうずたかく積まれていたのを、スミタは憶えている。数メートル離れたところでは、河岸で演じられる光景をよそに、牛が河の水を飲んでいた。また別の場所では、老若男女が沐浴の儀式にいそしんでいた。ガンジス河につま先から頭まで浸かって身を清めるのがしきたりだ。陽気ではなやかな婚礼の祝いをし、聖なる歌や俗謡を大声で歌う者たちもいた。食器洗いや洗濯をする者もいた。場所によって水は黒ずみ、水面には巡礼者が捧げた花やオイルランプだけでなく、腐敗した動物の死骸や人間の骨も漂っていた。火葬後、遺灰はしきたりどおり河に撒かれるが、多くの者は完全に火葬する金がなく、半焼の遺体、あるいは焼かないままの遺体が河に投げ込まれる。

いまスミタを導く者はなく、連れている娘の手のほか、すがれる頼もしい手はない。名も知らぬ巡礼の群衆のただなか、ふたりきりで行くべき道を探す。鉄道駅があるのは中心街。バスを降りたところから離れている。

ラリータは通りのショウウインドウに並ぶ、どれもこれも珍奇な品物に目をみはる。

こっちに掃除機、そっちにレモン搾り機、あっちには浴室、洗面台、便器の見本。ラリータが初めて見るものばかり。スミタはため息をつく。先をいそぎたいのに、子供の好奇心にブレーキをかけられる。茶色い制服を着て手をつなぐ小学生の列とすれちがう。娘が羨ましげにそれを目で追っているのに、スミタは気づく。

ようやくヴァラナシ・ジャンクション駅が見える。駅前広場は人でごった返している。国内で最も利用客の多い駅のひとつだ。駅構内に入ると、人の波が切符売り場に押しよせる。いたるところで老若男女が立ち、すわり、横になり、何時間も、ときには何日も待っている。

スミタは人ごみをかき分けて進みながら、呼び込み人を避ける。旅行客の困惑や無知につけ込み、いい加減な助言をして数ルピーまきあげる連中だ。スミタは四つある行列のひとつに並ぶ。どの列にも百人は並んでいて、辛抱づよく待たなければならなそうだ。ラリータは疲れの色をみせる。一日中、空きっ腹をかかえて移動した距離は百キロにも満たない。まだ、この先に困難が待ち受けているのをスミタは知っている。

ようやく窓口に着いたときには、日が暮れている。当日発のチェンナイ行き切符を二枚頼むと、駅員は驚いた顔をする。切符は何日もまえから予約するもので、直前は満席だという。予約しなかったのか……？　スミタは体の力がぬけていく。一晩ここで、知り合いもいないこの聖都で明かすのか。バラモンからとった金では、三等車の切符二枚と食べ物をまかなうのがやっとで、下宿屋どころか大部屋にも泊まれない。スミタはねばる。いますぐ、できるだけ早く発ちたいのだ。食事代にとっておいた数ルピーを迷わずさしだす。駅員はどっちつかずの態度でスミタの顔をまじまじと見て、黄ばんだ歯をのぞかせぶつぶつ言う。席をはずした駅員は、いちばん安い「スリーパー・クラス」の明日出発の切符二枚を手にもどって来る。これ以上のことはしてやれない。スミタはあとになって知るが、この切符は欲しければ誰でも買える——乗車制限のないクラスで、だからいつも過密状態だ。信じやすさにつけ込まれ、駅員に数ルピーとられてしまったが、そう悟ったときには手遅れだ。

ラリータは疲れきって、母の腕のなかで眠り込む。スミタは娘を抱き、すわる場所をもとめてよろよろ人ごみをかき分ける。プラットホームでも駅のホールでも、いたるところで人々が夜を明かす支度をしている。場所を確保し横になって眠れるのは、運がよい者だ。スミタはホールの片隅にすわる。近くで白い服の女が、幼い子供ふたりにはさまれている。ラリータが目を覚ます。空腹だ。スミタがとりだしたボトルには、底にすこし水が残っているだけ、今夜はそれで我慢するしかない。娘は泣きはじめる。

そばで白服の女が、子供にビスケットをあたえている。スミタと、抱かれて泣いているラリータを見つめる。近づいて来て、食べ物を分けようと言う。スミタは驚いて目をあげる――援助を申し出られるのに慣れていない。物乞いをしたことはない。こんな境遇でも堂々と生きてきた。自分だけなら断っていただろうが、ラリータはあまりにちいさくひ弱で、食べないことには旅に耐えられないだろう。スミタは白服の女にさしだされたバナナとビスケットを受け取り、礼を言う。ラリータは食べ物に貪欲にとびつく。女が物売りから生姜茶《しょうが》を買い、スミタは数口勧められ、よろこんで飲ませてもらう。熱々のピリッとした茶で生き返る。女――名をラクシュママという――

は話しかけてくる。女ふたりでどこへ行くのか？　ついて来てくれる夫か父親、兄弟はいないのか？　スミタはチェンナイへ行くと答える。夫は向こうで待っている、と嘘をつく。ラクシュママと幼い息子たちは、デリーの南にある小都市、白い寡婦の町として知られるヴリンダーヴァンへ向かうところだ。数ヵ月まえ、夫をインフルエンザで喪った、と打ち明ける。夫の死後、嫁ぎ先の家族に追い出された。ラクシュママはこの地の寡婦の悲惨な境遇について苦々しく語る。寡婦は忌み嫌われ、夫の魂を引きとめられなかった罪を咎《とが》められる。夫の病や死を、まじないによって引き起こしたと非難されることとすらある。夫が事故で死んでも保険金をもらえず、戦死しても年金をもらえない。寡婦は目に入るだけで不幸を招き、たとえ影でもすれちがえば凶兆とみなされる。寡婦は結婚式や祝いの席に出ることを禁じられ、隠棲《いんせい》し、白い喪服をつけ、罪を償わなければならない。しばしば実家からも追い出される。ラクシュママは身の毛もよだつ残酷な寡婦殉死《サティー》の伝統について語る。かつて、寡婦は火葬される夫とともに火炙《ひあぶ》りにされた。拒む者は殴られ、辱められて追い出され、ときには遺産を独占しようとする婚家の者、あるいは実の子供たちにさえ、炎のなかに力ずくで押しやられる。寡婦たちは追い出されるまえ、もはや男の気を惹くことのないよう宝石類をはずされ、髪を剃られる。年齢にかかわらず再婚は禁じられている。娘たちを幼くして嫁がせる田舎では、五歳で寡婦となり、物乞いの人生を余儀なくされる少女たちもいる。

「仕方がない。夫がいなくなれば、すべて失う」と彼女はため息をつく。スミタも知っている――女に私有物はなく、すべては夫のもの。結婚すれば、すべて夫に捧げる。夫を喪えば、妻の人生は終わる。ラクシュママは婚礼の日に両親から贈られ、サリーの下に隠しとおした宝石ひとつをのぞいて、すべて失った。豪華な衣装に身をつつみ、結婚を祝って歓喜する家族に導かれて寺院へ行った、あのめでたい日を憶えている。豪奢《ごうしゃ》に結婚生活に入り、出たときは完全な赤貧状態だった。いっそ、夫に捨てられるか、離縁されるほうがよかった、と打ち明ける。そうすれば、社会からつまはじきにされず、近親者からは軽蔑と敵意のかわりに、憐《あわ》れみをかけてもらえたかもしれない。牛に生まれていればよかった。そうすれば敬意を払われていたのに。スミタは夫と、生まれ育った村をあえて捨てて来たとは言えない。いまラクシュママの話を聴きながら、自分は恐ろしいあやまちを犯したのではないかと自問する。若い寡婦は自殺を考えたと告白する。だがときどきあるように、婚家の者が遺産を独占するため、息子たちを殺すのではないかと恐れ、断念した。息子たちと遠いヴリンダーヴァンへ旅立つことを選んだ。噂《うわさ》では、慈善道場《アシュラム》「寡婦の家」にも街角にも、大勢の寡婦が避難しているという。寡婦たちは寺院でクリシュナ神への祈禱《きとう》を唱えて、一杯の飯かスープをもらい細々と食いつないでいける。一日一食、それ以上は許されない。

スミタは寡婦の話を黙って聴いた。自分より年上でもない。年齢を訊くと、ラクシュママはわからない——けれど、まだ三十にはなっていないと思うと言う。顔立ちはまだ若く、目も鋭いが、かぎりない悲しみが漂い、まるで千年生きてきたみたいだとスミタは思う。

ラクシュママの列車の時刻が来た。スミタは食べ物の礼を言い、ヴィシュヌ神にご加護を祈願すると約束する。下の子を腕にかかえ、上の子の手を引き、荷物としては貧弱な袋ひとつをたずさえて、ホームへ遠ざかる後ろ姿を見送る。出発客の雑踏にその姿が見えなくなると、スミタはサリーの下のヴィシュヌ神の絵姿に触れ、彼女の旅と異郷での生活をお見守りくださいと祈願する。明らかに女が好きではないこの国で、すべてを奪われ見捨てられ、忘れられた何百万もの寡婦を思いながら、スミタはふいに、生まれがダリットでも、無傷でしっかり立ち、よりよい人生を約束されているかもしれない自分の境遇をありがたく思う。

生まれなければよかった。ラクシュママは立ち去り際に、そう漏らした。

ジュリア

イタリア、シチリア島、パレルモ

　ジュリアが母と姉妹に作業場が破産していると告げたとき、フランチェスカは泣きだした。アデラは黙っていた――関係ないというように、何に対してもティーンエイジャー特有の無関心な態度をしめす。マンマはしばらく沈黙したあと、泣き崩れた。いつもは信心深い母が、自分たちばかり攻撃するといって天を呪った。最初は夫、今度は作業場……。どんな悪いことをしたというのか、こんな懲らしめを受けるほどの罪を犯したというのか?!　子供たちはどうなるのか？　アデラはまだ高校生。フランチェスカはこんなにまずい結婚をして、子供たちを食べさせるのもやっとのありさまだ。ジュリアときたら、父親から仕込まれたこの仕事しか知らない。だいたい、その父親がいまここにいないときている……。

その夜、マンマは夫のこと、娘たちのこと、奪われるであろう家のことをえんえんと嘆く。自分のことはちっとも嘆かない。夜が明けるころ、ある考えにとらわれている――ジーノ・バッタリオーラは何年もまえからジュリアに首ったけ、結婚を夢見ている。知らない者はいない。一族は裕福で美容院の支店をいくつも持っている。ジーノの両親はランフレッディ家の者に対して、いつも気さくで親切だ。ひょっとして、家の抵当権を買い戻してくれないだろうか……？　作業場はだめでも、家族は路頭に迷わずにすむ。娘たちが安全に暮らせる。そうだ、この結婚でわたしたちは救われる、とマンマは考える。

この考えをつたえると、ジュリアは乱暴にはねつける。ジーノ・バッタリオーラと結婚なんかしない。路上生活のほうがまし！　嫌な人ではない、彼にはなんの恨みもないけど、あまりにもぱっとしない。作業場によく顔を出す。あのぎこちない身ごなしと逆毛をたてた髪は、父が大受けしていたコメディー映画、ディーノ・リージの

『怪物たち《イ・モストリ》』に出てくる、ばかっぽい登場人物みたい。

いい話じゃないか、ジーノは親切でお金もある。何不自由なく暮らせることまちがいなし、と母はつづける。何不自由なくったって、いちばん大事なものが欠けてる、とジュリアは答える。服従して、金ぴかの籠の鳥になるのはまっぴら。打算でうわべを取り繕った生き方はしたくない。してる人は多いよ、とマンマは言う。ジュリアもそれはわかっている。

母の結婚生活は幸せだったが、自分で相手を選んだわけではない。三十歳でまだ独身だった母は、ピエトロ・ランフレッディの求婚を仕方なく承諾した。愛はときとともに生まれた。ジュリアの父は怒りっぽいが、情があつく、心をつかまれた。ジュリアだってそうなるかもしれない。

ジュリアは自室にあがって閉じこもる。そんな解決策は承服できない。カマルの燃えるような肌しか欲しくない。心を揺さぶられたあの小説のヒロインみたいに、氷のように冷たいベッドに入るのはごめんだ。サルディニアが舞台の小説『祖母の手帖』

のヒロインは、どうしても夫を愛せず絶望し、かつての恋人をもとめて街をさまよう。ジュリアは夫婦の仮面などつけたくない。ノンナの言葉を思い出す――なんでも好きなことしたらいい、だけど、あんた《ミーア・カーラ》、結婚だけはするんじゃないよ。

だが、ほかにどうすればいいのか？　母と姉妹を路頭に迷わせていいのか？　家族全員の生活が自分ひとりの肩にのしかかってくるなんて、人生は過酷だ、と思う。

その日ジュリアは、待っていてくれるカマルに会いに行く勇気が出ない。あてもなく歩くうち、父が大好きだったちいさな教会に来る。父のことを過去形で考えているのに気づいてぞっとする。父はまだ生きている、と自分に言いきかせ気をとりなおす。

ふだん祈らないジュリアが、いまは敬虔《けいけん》な気持ちにならずにはいられない。昼間の礼拝堂には誰もいない。内部はひっそりとして、世界の外、あるいは逆に世界の中心にいるような気がする。冷気のせいか、かすかな香のにおいのせいか、石のうえを歩く足音の、くぐもった反響のせいか？　ジュリアは息をつめる。子供のころから教会に入るときは、幾世紀もまえから人々の魂が息づく神聖で神秘的な領域に入るような気がして感動する。いつ来ても、火のともされたろうそくがある。せわしない世のなかで、いったい誰がはかない灯火《ともしび》を絶やさないように気を配っているのだろう。

献金箱にコインを入れ、ろうそくを一本、祭壇まえの燭台《しょくだい》におく。火をともして目を閉じる。ちいさな声で祈りを唱える。父をお返しください、意にそわない人生を受けいれる力をおあたえくださいと天に願う。ランフレッディ家にふりかかった不幸の責めはあまりに重い、と思う。

奇跡でも起こらないかぎり、ここから抜けだせない。

だが奇跡なんて、現実には起こらない。ジュリアはわかっている。それは聖書か、子供のころ読んだ物語のなかで起こるもの。おとぎ話はもう信じていない。父の事故で一気に大人になってしまった。そんな準備はできていなかった。大人になりきらない状態に、ぬくぬくと温かいお風呂みたいに留まっていたかった。いまや成熟すべきときが来て、容赦がない。夢はおしまい。

結婚が唯一の解決策。ジュリアは頭をひねってよくよく考えた。ジーノは家の抵当権を買い取ってくれるだろう。作業場はだめでも家族は救われる。そう母は言うし、パッパもそう望むだろう。こう考えて、ついにジュリアは決心する。

その晩のうちに、カマルに手紙を書く。残酷な言葉も紙に書かれていれば和らぐだろう。手紙のなかで作業場のこと、家族が追いつめられていることを説明する。自分は結婚するとつたえる。

所詮、なんの約束もしていない。カマルとの将来を考えたこともないし、ずっとつきあえるとも想像していなかった。文化も神も伝統も、何ひとつ同じではないのだ。肌はあんなになじむのに。カマルの体は彼女のそれとしっくりする。彼のそばで、ジュリアはこれまでになく生き生きしている。激しい欲望にさいなまれ、夜はまんじりともせず、朝は身を震わせて目を覚まし、毎日、彼に会いに行く。出会ったばかりで、ろくに知らないこの男に、誰にも感じたことのない胸のときめきをおぼえる。

これは愛じゃない、と自分に言いきかせる。別のもの。断念するしかない。

手紙は書いたが宛て先がわからない。彼がどこに住んでいるのかも、わからない。別の労働者と町はずれに部屋を借りている、と言っていた。かまわない、いつも会う洞窟に手紙をおきに行く。何度も身を絡ませた岩のそばに手紙をおき、貝殻をのせる。

情事は終わり。予期していなかったけれど、始まりだってそうだった、と思う。

その晩、ジュリアは眠れない。眠りはパッパの事務机の引出しになくしてしまった。ときが刻々とすぎるのを待っている。毎晩のように不安で眠れず、もう日が昇らないかのようだ。本を読む気力も起こらない。石のように固まって闇に囚われている。

作業場の閉鎖を従業員に告げなければならない。それは自分の役目——母も姉妹もあてにできない。仕事仲間というより、友人である彼女たちを解雇しなければならない。彼女たちの苦悩を和らげる手だては何もなく、ただ無念の涙をともに流すほかない。それぞれにとって作業場が何を意味するか、わかっている。人生の大半をここですごしてきた者もいる。ノンナはどうなる？　誰が彼女を雇うだろう？　アレッシア、ジーナ、アルダは五十を過ぎ、再就職は危ぶまれる。夫が出ていってから、子供たちを女手ひとつで育てているアニェーゼはどうするのか？　それに、援助してくれる両親がいないフェデリカは……？　そのときをジュリアは先のばしにしたい。痛いとわかっている手術を延期するようなもの。それでも、ふんぎりをつけなければ。明日こそ話そう。こう考えると愕然として目が冴《さ》える。

事が起こるのは、午前二時ごろだ。

真夜中、窓に小石を投げる者がいる。

ようやくまどろみかけていたジュリアは、はっとする。ふたつ目の小石の音。窓に近寄る。カマルが路上で、こちらを見あげている。手紙を持ち、呼びかける。

ジュリア！
おりてきて！
話がある！

ジュリアは黙って、と合図する。母か近所の人が目を覚まさないか心配だ。みんな眠りが浅いのだ。だがカマルはそこを動かない。頑として話したがる。とうとうジュリアは服を着る。いそいで下におり、路上の彼と落ちあう。

どうかしてる、と言う。ここに来るなんて、どうかしている。

奇跡が起こるのはそのときだ。

サラ

カナダ、モントリオール

それは気づかぬうちに始まっている。まずは、ある会議にサラだけが呼ばれない。わざわざ来てもらうまでもないと思って、と後日、会議を招集したパートナー弁護士に言われることになる。

次は、ある訴訟の話題がサラのまえで避けられる。それでなくとも懸案をかかえておいでてしょうから。そのたびに思いやりを匂わせるせりふ、思わず信じそうになる。配慮なんて、いらない。これまでどおりあてにされて働きたい。気を遣われるなど、まっぴらだ。とはいえ、しばらくまえから法律事務所の業務、下すべき決断や処理すべき案件に、以前ほど深く関わっていないような気がする。報告はしばしば忘れられ、問い合わせが別の誰かに向けられる。

病気が公になってから、法律事務所でのクルストの地位はあがった。頻繁にジョンソンと話し、冗談に笑い、昼食につきあうのを見かける。イネスはといえば、徐々に主導権を握り、係争中の事案について、サラに相談なく自由に決定を下すようになっている。サラがいちど注意すると、この若手弁護士はしらじらしい遺憾の表情を浮かべ、サラが不在もしくは取り込み中だった——つまり病院にいた——からと反駁《はんばく》する。サラの不在をいいことに決定を下し、会議で発言する。近ごろクルストに急接近し、一緒にタバコを吸いさえするのは、ひとえに新たな指南役とタバコ休憩をともにするためだとサラは見ている。ひょっとして、うまい昇進話があるかもしれない……。

病院ではサラの治療が始まる。癌専門医の意見にもかかわらず、数日まとめて休暇は取らない。休めば、持ち場を空け、テリトリーを放置することになる。危険すぎる。なんとしても、もちこたえなければ。毎朝、力をふりしぼって起きあがり、出勤する。

何年もかけて築きあげたものを癌に奪われてなるものか。あらゆる手段で戦って、自分の帝国を守る。その一念で、必要な気概と力、エネルギーを得てもちこたえる。

癌専門医からは警告されていた――治療のダメージは重く、副作用はさらに過酷だ。医師は網羅的なリストをつくり、どの段階で吐き気が起こるか、どんな影響が髪、爪、眉毛、肌、手足にあらわれるかを一覧表にしてくれた。数カ月にわたる癌治療のあいだ、順々にサラを待ち受けるもの。あらわれる副作用に応じた十ほどの薬の処方箋をたずさえ、サラは病院をあとにする。

医師も誰も言ってくれなかった副作用。手足にあらわれる症状よりずっと不快で、ときに襲われる吐き気や、意識の朦朧よりも、さらに過酷な副作用。心構えもしていなければ、対処する処方箋もない副作用。それは病気にともなう排斥であり、サラが標的にされている、ゆっくりとした残酷な締め出しだ。

はじめサラは、法律事務所で起きていることを受け流そうとする。同僚の「失念」

や、最近のジョンソンのよそよそしい目は無視しておく。本当は、失念という言葉は適当でなく、それはむしろ距離感のようなもの、関係の奇妙な冷却だ。何週間にもわたってミーティングに呼ばれず、会議に招かれず、案件をまかされず、クライアントに紹介されないことがかさなり、ようやく確信する。締め出しにかかられている。

この暴力には口にするのも憚《はばか》られる名前がある――差別。担当した訴訟で嫌というほど聞いた言葉。実際、個人的には無関係な――とすくなくとも思っていた――言葉。だが、定義はそらで言える。「出自、性別、家族状況、妊娠、身体的外見、姓、健康状態、障害、遺伝的特徴、慣習、性的指向および性自認、年齢、政治的意見、組合活動、真偽にかかわらず特定の民族、国民、人種、宗教への帰属ないし非帰属を理由に、人と人のあいだにおかれるあらゆる区別」であり、しばしば「烙印《スティグマ》」という言葉をともなう。社会学者アーヴィング・ゴフマンが定義するように「分類したいカテゴリーと相容れない個人の属性」。これによって迫害される者は、烙印《らくいん》を押され、ゴフマンが普通《ノーマル》の人と呼ぶ人々と対置される。

いまサラは自覚している――烙印を押されている。若さと活力がもてはやされるこの社会に、病人や弱者の居場所がないのは承知している。力ある者の世界に属していた自分が、別の陣営に移りつつある。

これに対してどんな手段を講じればよいのか？　病気が相手なら、どう戦えばいいかわかっている。武器がある、治療法がある、医師たちがついている。だが、排斥に対してどんな特効薬があるだろう？　目下、ゆっくりと出口へ、窓際へ追いやられているこの状況を、どうすれば逆転させられるのか？

戦う？　それはそうだが、どうやって？　ジョンソン＆ロックウッドを差別で訴える？　それは辞職を意味する。辞めれば、なんの援助も社会保障の恩恵も受けられない。別の働き口を探す？　サラを癌と一緒に誰が雇う？　独立して事務所を開く？　その展望には惹かれるが、投資が要る。銀行はきっと健康な者にしか融資しない。それに、ついてきてくれるクライアントがいるだろうか？　サラにはなんの保証もできず、一年後にクライアントの利益を弁護するために、いると約束することもできないのだ。

　数年まえ、ある診療所の女性事務員を同僚が弁護した、ひどい訴訟を思い出す。事務員は頭痛に悩まされ、雇い主の医師に診てもらった。医師は彼女を診察し、検査を受けさせたあと、その日の夕方、呼び出し、解雇を言い渡した。癌だった。もちろん、引きあいに出されたのは「経済的」理由だったが、誰だって騙《だま》されはしない。女性は三年にわたる訴訟のすえ、ついに勝訴し、その後まもなく亡くなった。

　サラを襲う暴力はもっとおとなしい。それとはっきりわからない。より陰湿で、だからこそ証明するのが難しい。だが、現に存在するのだ。

　一月のある朝、ジョンソンから最上階のオフィスに呼び出される。心配そうな表情をつくって具合を尋ねてくる。サラは元気だ、おかげさまで。ああ、化学療法ね。するとジョンソンは、二十年まえに癌治療を受け、いまではぴんぴんしている遠い親戚の話をする。顔を見れば、犬に骨をくれてやるみたいに、やたら聞かされる快癒話は、どうだっていい。なんのたしにもならない。母は同じ病気で死に、いまは自分がこの病でのたうち苦しんでいて、心にもない同情につきあっている暇はない、と返したい。

口内炎でものも食べられないのがどういうことか、一日の終わりに足が腫れあがって歩けないのがどういうことか、疲れきって、ちょっとした階段さえのぼれそうにないと感じるのがどういうことか、彼は知るまい。数週間後には髪が抜けはじめること、鏡にうつる自分の痩せた姿にぞっとすること、痛みも死も、何もかもが恐ろしいこと、夜も眠れないこと、一日三回吐くこと、起きあがれそうにないと思う朝もあること、それがどんなことか、憐れみをよそおいながら、本心ではどうでもいいと思っている。そのご立派な良識と一緒に引っ込んでいればいいのだ。ついでに遠い親戚も。

いつものように、サラの態度は礼儀正しい。

ジョンソンは本題に入る。ビルグヴァール訴訟の件だが、パートナー弁護士をサラの補佐役につけたい。サラは啞然とする。しばし間をおいて反論する。ビルグヴァールは長年の自分の顧客で、その利益を管理するのに他人の助けはいらない。ジョンソンはため息をつき、彼女がたったいちどだけ遅刻した会議の話をもちだす。サラは夜明けに起き、一日の勤務が始まるまえに病院へ検査に行った。ＭＲＩの装置が作動しなくなった。ついてませんね、こんなことは三年にいちどなんですが、と技師はすまなそうに言った。遅れを取りもどそうといそぎ、息せききって到着すると、会議は始まっていた。もちろん、ジョンソンにとってそんなことはどうでもよく、サラの弁明に興味はない、ひろげたガラクタはしまっていい。幸い、イネスがいてくれた。つねに時間厳守、まったく申し分ない、とつけくわえる。それに、サラが倒れて延期された審問もあった、とたたみかける。そして声色を変え、あの嫌らしい猫なで声で言う。サラが治療に専念すべきことは十分理解しているし、スタッフ一同、一日も早い快復を願っている。なんの意味もなく、空疎に響くこれら出来あいのフレーズは、ジョンソンにはお手のもの、彼の考えでは、サラは支えを必要とし、それは当法律事務所の使命であり真髄ですらある、これこそチームワーク。この試練のときに寄り添い支える補佐役として……ガリー・クルストをつける。

　すわっていなかったら、サラは倒れていただろう。

いま起こっていること以外、なんだってよろこんで受けいれただろう。

クビになって追い出されたほうがまし。罵られ、平手打ちされたほうがいい、すくなくとも、はっきりしている。こんなふうにのけ者にされ、真綿でゆっくり首を絞められるより、どんなにいいか。闘牛場で追い回される牛の気分だ。反論しても無駄、どんな論拠をもちだしても、事態は変わらない。命運はつきた。ジョンソンがそう決めたのだ。病気のサラに用はない。彼にとって、もうなんの価値もない。

クルストにビルグヴァール訴訟をあっさり掠《かす》め取られる。大物クライアントを横取りされる。ジョンソンもわかっている。倒れた彼女に、一緒になって襲いかかる追剝《おいはぎ》だ。サラは助けをもとめて叫びたい。子供たちが遊びでよくするように叫びたい――泥棒！　砂漠で叫ぶも同然だ。誰の耳にも届かず、誰も助けには来てくれない。賊は身なりがよくて、はた目にわからず、立派な紳士にすら見える。上品な暴力、かぐわしい暴力、高級ブランドのスーツをまとった暴力だ。

ガリー・クルストは巻き返す。ビルグヴァール訴訟をたずさえ、法律事務所の筆頭のパートナー弁護士、ジョンソンの理想的後継者となる。病気でもなく、弱ってもいない。むしろ絶好調、まるで他人の生き血を吸って満腹した吸血鬼のよう。

面談の終わりに、ジョンソンは遺憾の表情でサラを見つめ、残酷なせりふを投げつける——疲れているようだ。帰って休むといい。

サラはうちのめされてオフィスにもどる。試練は覚悟していたが、こんなことまで予期していなかった。数日後、ニュースが告知されたとき、意外とも思わなかった。クルストが首席パートナーに任命された。ジョンソンの後継者として、法律事務所のトップ、最高責任者のポストにつく。この人事はサラのキャリアに弔鐘《ちょうしょう》を鳴らす。

その日、サラは昼下がりに帰宅する。家がからっぽのなじみのない時間帯。ひっそり静まりかえっている。ベッドに腰をおろし、泣きはじめる。というのも、かつての、昨日までの自分を思うから。意欲的なつよい女性、しっかりとした居場所のあった自分がいま、世界から見放されたと思うから。

転落をはばむものは、もはや何もない。

落下は始まったばかりだ。

今朝、糸が一本切れた。
めったに起こらないこと。
だけど、切れてしまった。

それは、顕微鏡の尺度ではあれ
津波のような大惨事、
何日もかけた仕事が台無しになる。

そのときペネロペ（ギリシア神話のオデュッセウスの妻。夫の出征中、舅の衣を織りあげることを口実に、求婚者たちを遠ざけた）を思う。
毎日、倦《う》まず仕事をやり直す

夜には、ほどいて無にするものを。

いちからやり直すしかない。

素晴らしいものになる、そう思えば慰められる。
糸を見失わないように、
けっして離さないようにする。

再開し、仕事をやり続ける。

スミタ

インド、ウッタル・プラデーシュ州、ヴァラナシ

スミタはうとうとしていた駅のホールで、はっと目を覚ます。ラリータは傍らでまるくなっている。朝日がさしはじめる。何百もの人が大荷物をかかえて走りだし、到着したばかりの列車へ向かう。あわてて娘を起こす。

行くよ！
列車が来てる！
早く！

大いそぎで荷物をまとめる。盗まれないよう、荷物のうえで寝ていた。ラリータの手を取って三等車めがけて走りだす。ホームはものすごい混雑で、人の波が押しあいへしあい、踏みつけあい、いたるところで「行け《チャロ》、行け《チャロ》！」の怒号があがる。スミタは列車のドアノブに手をかけ、人に押され、しがみつく。ラリータを先に乗せようとする。殺到する乗客に押しつぶされないか心配だ。ふいに疑念にかられ、隣りの痩せこけた男に大声で尋ねる。これはチェンナイ行きの列車？

違う！　男が答える。ジャイプール行きだ。掲示板はあてにならない、だいたい、でたらめだ、とつけくわえる。

車両に乗り込みかけていたラリータを引きもどし、雑踏をかき分け、川をさかのぼる鮭《さけ》のように、ほうほうの体《てい》で引き返す。

右往左往して、人に尋ねてはあべこべの答えが返ってきたり、駅員に訊《き》こうと試みるも無駄に終わったりしたあげく、スミタとラリータはようやくチェンナイ行きの列車を見つける。「スリーパー・クラス」の青い車両に乗り込む。エアコンのない老朽化した車内には、ゴキブリとネズミがうごめいている。すでに超満員のコンパートメントに難儀してすべり込み、木製ベンチのわずかな隙間に身をおさめる。もう二十人ほどが数平方メートルの空間にぎゅうづめになっている。頭上の荷物おき場に陣取る者もいて、脚を宙にぶらぶらさせている。旅路は長く、二千キロ以上をこの状態で移動する。列車は各駅停車。特急より安い。いたるところで停車しながらゆっくり走る。インド縦断。なんて途方もない考えだ、とスミタは思う。最低クラスの車両にぎゅうづめで息をきらせ、へとへとになっての民族大移動。家族連れも赤ん坊も年寄りも、いたるところでゆかにすわるか立つかして、身動きできないほどつめ込まれている。

はじめの数時間は何事もなくすぎた。ラリータは眠り、スミタは夢も見ず、半ば意識のある状態でうつらうつらする。娘が突然目を覚まし、急にもよおす。スミタは娘を連れ、人をかき分け、車両のはしまで行こうとする。無謀な試みだ。ゆかにすわるおびただしい数の人を踏まずに進むのは至難の業《わざ》。慎重に歩くが、ひとりを踏んで口汚く罵られる。

トイレのまえにたどり着くと、ドアは固く閉ざされている。スミタは開けようとして何度もドアをたたく。がんばっても無駄だよ、とゆかにすわった老婆が声をかける。日焼けした皺々の顔で、歯がない。連中はもう何時間も、そこに閉じこもっている。すわり、眠る場所をもとめていた家族連れだ。終点まで出てこないだろう、と言う。スミタはドアをバンバンたたき、威圧的に、あるいは懇願調に開けてくれと頼む。大声出すだけ無駄だ、もうほかの者も同じことをした、と老婆に言われる。

娘は本当に切羽つまっているんです、とスミタはささやく。歯のない老婆は車両の一隅を指さす――あそこでしたらいい。でなきゃ、次の停車駅まで待つんだね。ラリータが身を硬くする。ほかの乗客のいるところで用を足したくない。六歳で、すでに自尊心がつよい。スミタはほかに方法がない、と娘に言いきかせる。次の駅で降りる危険は冒せない、短すぎる。まえの駅では、ホームに出た家族連れがとり残された。ホームが人でごった返していて乗り込めなかったのだ。列車は出発し、家族連れはどことも知れぬ土地の見知らぬ駅に、荷物なしでおき去りにされた。

ラリータは首をふる。我慢する。この先、長く停車することはある。一、二時間したらジャバルプールに着く。そこまで我慢する。

席にもどるとき、鼻の曲がるような糞尿《ふんにょう》の臭気が車内に流れ込んでくる。各駅で停車するたびこうなる。周辺住民が線路わきで用を足すのだ。スミタがよく知るこのにおいはどこへ行っても同じ、においに国境はなく、階級もカーストも富も関係ない。慣れたにおいだが、いつも仕事でしてきたように息をとめる。スカーフを自分の鼻とラリータのそれにあてる。

もう二度とするまい。そう誓ったのだ。もう二度と息をとめて生活しない。自由に、まっとうに息を吸い込むのだ。

列車が動きだす。おぞましいにおいは薄まり、ひしめき汗をかく肉体から発散する、胸が悪くなるものの窒息するほどではない臭気にとってかわる。昼が近く、過密状態のコンパートメントは耐えがたい暑さで、ちいさな扇風機は臭気をかきまぜるばかり。スミタはラリータに水を飲ませ、自分も何口かがぶ飲みする。

じっとりとした麻痺《まひ》状態のうちに、一日が引きのばされていく。コンパートメントの真ん中で靴を磨く者がいる。半開きのドアから外の景色を眺める者もいる。窓の鉄柵から身をのりだして涼をとろうとする者もいるが、熱帯の暑気が流れてくるばかりだ。男が祈りを朗誦《ろうしょう》し、祝福をあたえるように乗客の頭に水をそそいで車内を歩く。物乞いが車内をはき清め、いくらかの小銭を稼ごうとする。訊かれもしないのに悲惨な身の上話をする。北部で家族と畑を耕して暮らしていたが、ある日、地主が父親の借金を取りたてに来た。父親は打ちすえられ、四肢の骨を折られ、両目をえぐられ、家族全員が見守るなか逆さ吊《づ》りにされた。まがまがしい話にラリータは震えあがる。スミタは物乞いに向かって、そうじはよそでやってくれ、ここには子供がいるんだ、と罵る。

隣りにいる汗だくの太った女はティルパティの寺院へお参りに行くと語る。スミタは聞き耳をたてる。息子が病気になり、医者から見放された。祈禱師《きとうし》の勧めで寺院に供物《くもつ》を捧《ささ》げると、息子は治った。奇跡をヴィシュヌ神に感謝するため、女はこれから聖像の足もとに食べ物と花輪を捧げに行く。そのため数千キロにおよぶ巡礼を始めた。旅は楽ではない、とこぼす。だけど仕方がない――道が厳しくあるよう神様がお決めになったのだから。

夜だ。乗客はすこしでも休息できるよう支度する。木のベンチは寝台になる。だが、そこでぐっすり眠れるわけがない。スミタは太った女のそばで、ちいさなラリータとぴったり身を寄せあって、ようやくうとうとする。旅に出るまえ、ヴィシュヌ神に誓ったことを思い返す。約束を守らなければ。

チャッティースガル州かアーンドラ・プラデーシュ州のどこかを走る、深夜の寝台で、スミタは決断する――明日、自分とラリータは予定どおりチェンナイまで旅をつづけない。ティルパティ駅に着いたら列車を降り、聖なる山に登って神にお参りする。そう考えると、スミタはとたんに穏やかな気持ちになって眠り込む。ヴィシュヌ神が待っている。

神がすぐそばにおられる。

ジュリア

イタリア、シチリア島、パレルモ

ジュリアは真夜中の路上でカマルと落ちあう。彼のまえでふいに熱くなる。何を言われるのだろう？　愛してる？　別れたくない？　きっとジュリアを引きとめ、ばかげた結婚をやめさせようとする。マンマが日がな一日見ているメロドラマのように、ジュリアはカマルと抱きあい、悲痛な別れを演じる自分を想像する……。だが、別れる運命なのだ。

けれどカマルは涙目でもなく、悲劇的な様子でもない。むしろ興奮し、そわそわしている。目が異様に輝いている。秘密を打ち明けるように早口でささやく。

考えがある。作業場は救えるかもしれない。

それ以上説明せず、ジュリアの手を取って海のほう、いつも会う洞窟のほうへ連れて行く。

暗くてジュリアには彼の表情もよく見えない。手紙を読んだ、と言う――作業場の閉鎖は避けられないことじゃない。もしかしたら、救える方法がある。彼女はあっけにとられ、まじまじと相手の顔を見る。いったいどんな不思議な力にとり憑《つ》かれたのか？　ふだんは冷静なカマルが昂《たか》ぶっている。彼はつづける。自分の国で、シク教徒が髪を切るのは掟《おきて》で禁じられていても、ヒンドゥー教徒はそうではない。むしろ大勢のヒンドゥー教徒が、神々への貢ぎ物にするため寺院で髪を切る。剃髪《ていはつ》は聖なる行為とみなされるが、髪じたいはそうではない。切られたあと集められ、市場に売りに出される。専門の業者もいる。原料がここにないなら、向こうで調達すればいい。輸入するんだ。それが、作業場を救う唯一の方法。

ジュリアは言葉を失う。信じられず呆然《ぼうぜん》としている。カマルの計画は常軌を逸《いっ》している。インド人の毛髪。なんてとっぴな考えだろう……。もちろん自分には加工できる。化学的な処理方法を父から教わり、髪を脱色し乳白色にしてから、改めてカラーリングできる。そうする知識も技術もある。だがこのアイディアにはひるんでしまう。輸入なんて、言葉だけでも場違いで、外国語みたい。ここのささやかな作業場にはそぐわない。ランフレッディ一族があつかうのは、むかしからシチリアの髪、地元の髪、島の髪と決まっている。

泉が涸《か》れたら別の泉を探さなくちゃ、とカマルは答える。イタリア人が髪を保管しなくなっても、インド人にはありあまっているんだ！　毎年、何万もの人が寺院に参《さん》詣《けい》する。彼らの髪は大量に売られる。ほとんど無尽蔵の恵みだ。

ジュリアはどう考えてよいかわからない。アイディアには惹《ひ》かれるが、一瞬後には問題外に思える。カマルは手助けすると請け合う。言葉もわかるし、国にも通じている。インドとイタリアの架け橋になれる。なんてすばらしいひと、なんでも可能だと信じているみたい、とジュリアは思う。後ろ向きで絶望している自分が恥ずかしい。

頭に血がのぼったまま帰宅する。考えが激しく入り乱れ、まるで檻《おり》のなかの猿、とうてい鎮まらない。もはや眠れない。試すだけ無駄なこと。コンピュータを起動させ、夜が明けるまで、熱に浮かされたようにリサーチする。

カマルの話は本当だ。インターネット上には寺院につどうインド人の写真がある。豊作や良縁、あるいは健康を祈願して、男も女も自分の髪を信仰する神に奉納する。ほとんどは貧しい者と不可触民《ふかしょくみん》で、髪が唯一の財産だ。

それに、毛髪の輸入ビジネスで財をなしたイギリス人実業家の記事もある。彼の名は、いまや世界中に知られている。ヘリコプターで移動する。ローマ近郊にある工場には、インド人の毛髪がトン単位で輸入される。空輸された貨物が、フィウミチーノ空港に到着すると、ローマ北部にある工業地帯に輸送され、広大な作業場で加工される。イギリス人実業家は、インド人の髪は世界一、と太鼓判を押す。ローマにある邸宅のプールサイドに寝そべって説明するには、毛髪は消毒ののち梳《す》かれ、脱色槽に浸けられてから、ブロンド、栗色《くりいろ》、赤毛、あるいは赤褐色に着色されると、どこから見てもヨーロッパ人の髪と見分けがつかなくなる。黒い金をブロンドの金に変える、と得意気に言う。着色された髪は、長さによって選別、箱詰めされて世界各地に送られ、付け毛《エクステ》やかつらに加工される。五十三ヵ国、二万五千軒の美容院。数だけでも目が回る！　企業は世界展開するようになった。はじめは相手にされず、正気の沙汰じゃないとも言われた、と実業家は告白する。だが事業は成功した。いまでは従業員数五百、三大陸に生産拠点を持ち、世界の毛髪市場の八〇パーセントを我が社の製品が占めている、と誇らしげにしめくくる。

　ジュリアは当惑する。このイギリス人にはすべてが簡単にいったようだ。彼が実現したことが、自分にできるだろうか？　どうしたらこんな離れ業をやってのけられるだろう？　こんな大それたことを企てるなんて、思いあがっているだろうか？　家族経営の作業場を大企業に変えるなんて、たんなる夢物語なのではないか？　だけど、このイギリス人はやってのけた。彼が成功したなら、自分にもできるのではないか？

何より悩ましい問題がひとつある。父はなんと言うだろう？　この方針を支持してくれるだろうか？　大胆に積極的に、大きく打って出るべきだ、と父は言っていた。けれど自分のルーツとアイデンティティには頑固にこだわっていた。髪を指さして、シチリアの髪、と誰にでも得意げに言っていた。方針転換は裏切りになるだろうか？

ジュリアは事務室で父の写真を見つめる。祖父と曾祖父の写真も並んでいる。作業場はランフレッディ家の三世代に受け継がれてきた。これに見切りをつけることこそ裏切りだ、とそのとき思う。父たちが人生をかけた仕事を無にすること、これこそ裏切りでなくてなんだろう？

にわかに信じたくなる。みんなで溺れたりしない。作業場は閉鎖しない。ジーノ・バッタリオーラと結婚なんかしない。カマルのアイディアは天恵、幸運、恩寵《おんちょう》。まさに座礁する豪華客船《コスタ・コンコルディア》、とあの日パッパの引出しのまえで思ったけれど、いま、暗闇のなかを救いのボートが近づいて来て、浮き輪を投げてくれそうだ。

カマルを思い浮かべ、ふいに、聖ロザリア祭の日に彼と出会ったのは偶然ではなかったと悟る。遣わされて来たのだ。天が祈りを聴き届け、叶《かな》えてくださった。

望んでいた奇跡、その兆《きざ》しだ。

スミタ

インド、アーンドラ・プラデーシュ州、ティルパティ

ティルパティ！　ティルパティ！

車内で男が叫びだす。列車はまもなくティルパティ駅に停車する。ブレーキでレールが軋《きし》む。すぐさまホームに溢《あふ》れ出す巡礼者は、めいめい毛布やかばん、金属製コップに食糧、花、奉納品をたずさえ、子供を腕にかかえ、年寄りを背負う。人波は出口へ、聖なる丘のほうへと流れ出す。この奔流にのまれ、流れに逆らうこともできず、スミタはラリータの手をつかむ。はぐれるのを恐れ、しまいには抱きかかえる。駅はまるで無数の蟻《あり》がうごめく蟻塚だ。一日五万人、祭日にはその十倍の巡礼者が訪れ、

ヴィシュヌ神の化身ヴェンカテスワラ、「七つの丘の君主」にお参りするといわれる。御前で祈願すれば、すべて叶えてくださる霊験《れいげん》あらたかな神。町を一望する聖なる丘の頂に寺院があり、その聖域に巨大な聖像が安置されている。

数千の熱狂した巡礼者をまえに、スミタは高揚と恐怖にとらわれる。見ず知らずだが、同じ衝動に駆られた群衆のただなかで、自分がちっぽけでつまらない存在に思える。みながここにやって来て、よりよい人生を祈願し、神のおはからいに感謝する――男児の誕生、近親者の快復、豊作、良縁。

寺院に参詣するため、山頂まで運賃四十四ルピーのバスに乗り込む者もいる。とはいえ、真の巡礼は徒歩ですべきもの。スミタはここで易《やす》きに流れるために、わざわざ遠くから来たわけではない。しきたりどおりサンダルを脱ぎ、ラリータのそれも脱がせる。大勢が同じように恭順の意をあらわして履き物を脱ぎ、寺院の門へつづく階段をのぼりはじめる。三千六百段、約十五キロ、三時間の努力！　と道ばたにすわる果物売りが教えてくれる。スミタはラリータが心配だ。幼い娘は疲れていて、ふたりとも居心地の悪い過密状態の列車でろくに眠っていない。仕方がない。もうあとには引けない。たとえ一日かかっても、自分たちのリズムで進むまで。ヴィシュヌ神のご加護でここまでたどり着けたのだ、こんなおそばまで来て断念は許されない。スミタは数ルピーはたいてココナッツを買い、ラリータはそれをむさぼる。ひとつは食べずにとっておき、最初の段で割って、慣わしどおり神に捧げる。ちいさなろうそくに火をともし、一段ごとにお供えする者もいる。身を折り曲げて寺院までのぼるには、根気とつよい意志が必要だ。色粉と水を撒《ま》く者もいて、階段は赤紫と黄土色の燃え立つような色をおびる。最も敬虔《けいけん》で意欲のある者は、ひざまずいたまま踏破する。全員で一段のぼるたび痛みに顔をゆがめ、ゆっくり進む家族連れを、スミタは見守る。なんという献身、と羨ましく思う。

最初の四分の一まで来て、ラリータは疲れの色をみせる。母娘は足をとめ、喉の渇きをいやし、ひと息つく。一時間歩きつづけ、娘はもう動けない。ちいさな体をスミタが背負って、またのぼりはじめる。スミタ自身、きゃしゃで疲労困憊《こんぱい》しているが、崇拝してやまない神を一心に思い描き、もうすぐその御前に立つのだと、全身全霊で目的地をめざす。スミタが頂上までのぼりつめ、御前にひれ伏すことができるよう、いまヴィシュヌ神が力を十倍にしてくださっているような気がする。

スミタがのぼり終えたとき、ラリータは眠り込んでいる。寺院の門前にすわって息をつく。聖域とは高い塀で隔てられている。白い御影石《みかげいし》のドラヴィダ建築の巨大な塔が、天に向かってそびえている。スミタはこんな光景を見たことがない。聖なる丘に広がるティルマラはそれだけでひとつの世界。町ひとつ分より多くの人口を擁している。しきたりによって、ここでは酒も肉もタバコも売られていない。入るにはチケットを買う。一番安いのが十二ルピー、と巡礼の老人がスミタに教えてくれる。窓口には無数の人だかりができ、その向こうに券売人の顔が見え隠れする。スミタはそこで、ここまでのきつい道が、これから待ち受けているものの先触れでしかないことを悟る。聖域に入れるまで、何時間も辛抱づよく待たなければならない。

もう遅く、日が暮れかけている。スミタには休息が必要だ。すこし眠るか、せめて眠ろうとしなければ。門前にひしめく大勢の花売りや土産売りのなかから、ひとりの男が歩み寄ってくる。母娘の途方にくれた様子と疲労困憊に目をつける。巡礼者のための無料宿泊所がある、と男は言う。案内してあげてもよい。スミタの顔をじっと見て、ラリータに目をとめる。ひとつふたつ頼みをきいてくれれば、連れて行ってやろう。スミタは娘の手を握ってぐいぐい引っぱり、狼《おおかみ》から遠ざかる。男は愛想のよい顔で、天使の顔といってもよいのだが……。外で夜を明かすかと思うと全身に震えがはしる――女ふたりでは簡単に餌食になる。ひと晩しのぐ場所を見つけなければ。生きるか死ぬかの問題だ。道路のそばで、ヴィシュヌ信奉の色、黄色の腰巻き《ルンギー》をつけた苦行僧《サドゥー》が、行くべき道を指さす。

最初に見つけた宿泊所は閉まっていて、二番目は満員。三番目の宿泊所の入口で、ベッドは残りひとつだけ、と老婆に言われる。問題ない。スミタとラリータはあまりに多くの物を分けあってきて、もう一体となっているような気がする。粗末な寝台が十あまり並ぶ古びた部屋に入り、身を寄せあって横たわり、室内のがやがやした話し声をよそに、深い眠りにしずみ込む。

サラ

カナダ、モントリオール

サラが寝込んで、もう三日になる。

昨日、医師に電話して休職証明書を出してもらった。サラのキャリアでは初めてのことだ。職場に行きたくない。偽善と、疎外の標的にされるのは耐えられない。

最初は信じられず、見て見ぬふりをした。次に、怒り、抑えようのない激怒にとらえられた。そのあと、逃げ場のない広大な砂漠にいるような、はかりしれない無力感に襲われた。

サラはこれまで人生の進路を思いのままに選択してきた。ここでエグゼクティヴ・ウーマンと呼ばれる女性、つまり「企業内で支配的地位にあり、決定を下し、実行させる人物」だった。これからは支配される身。期待に応えられず、無能、失格、子なし女と言われ、離縁され、追い出される女のように、切り捨てられたと感じている。

ガラスの天井を打ち破った彼女がいま、健康な者と、病人、弱者、もろい者を隔てる見えない壁にぶちあたり、弱者の側にいる。ジョンソンとその一味に、葬られつつある。墓穴に突き落とされ、山盛りの微笑みをかけられ、しらじらしい同情で突き固められ、ゆっくりと埋められていく。職業上、死んでいる。わかっている。悪夢のように、自分の葬式をなすすべもなく見守っている。いくら呼んでも叫んでも、棺のなかで生きている彼女の声は、誰の耳にも届かない。苦難は白昼夢の様相をおびる。

彼らは呼吸するように嘘《うそ》をつく。「頑張って」と言い、「きっと良くなる」と言い、「力になるから」と言いながら、やっていることは正反対。見捨てられた。壊れた物が廃棄されるように、排斥されている。

仕事のためにすべてを犠牲にした彼女が、いまは効率、収益率、生産性の祭壇に生《い》け贄《にえ》となっている。ここでは稼動するかくたばるか、ふたつにひとつ。ならば彼女はくたばるまで。

計画はうまく機能しなかった。防壁は、イネスとクルストの出世欲、そしてジョンソンの力添えによって爆破され、崩壊した。ジョンソンは庇《かば》ってくれる、すくなくとも庇おうとはしてくれると思っていた。未練なく見放された。サラを支えていた唯一のもの、毎朝起きあがる力をあたえてくれたものを奪われた――社会的自我、仕事、この世界に存在し、居場所があるという実感。

恐れていたことが起こりつつあった。サラ自身が癌《がん》となる。歩く腫瘍そのものと化す。他人の目にうつるサラは、もう四十歳の優秀でエレガントで出来る女性ではなく、病の体現だ。もう病気の弁護士ではなく、弁護士資格を持つ病人。この違いは大きい。

癌は怖がられる。人を遠ざけ、孤立させる。死臭がする。目をそむけ、鼻をふさがれる。

不可触民、それがいまのサラの立場だ。社会ののけ者にされている。

だから、もうあそこには、死を宣告された闘技場へはもどらない。倒れるところは見せない。見世物にはならず、ライオンの餌食にもならない。まだこれだけは残っている――尊厳。嫌だ、と言うだけの力が。

今朝は、ロンが用意してくれた朝食に手をつけなかった。双子がキスをしに、ベッドにもぐり込んで来た。温かくて柔らかい子供たちの体に触れても、サラは反応しなかった。アンナは母に起きあがってと頼み、いろいろ試した。励まし、脅《おど》し、責めても無駄だった。夕方帰宅しても、母がこのままだとわかっている。

サラはこんなふうに昏々《こんこん》と眠り、徐々にぼんやりしていきながら日を送る。世界から遠く離れ、ゆっくり流されるがままになる。この数週間を映画のように眺め、流れを変えるために何が出来たか自問する。たぶん何も。ゲームは彼女ぬきで進められた。ゲームオーバー。おしまい。

すべて順調、異常なしと言いはって、ふだんの生活をつづけ、針路を変えず突き進み、もちこたえ、まわりの目をごまかすことは可能だと思っていた。病気を訴訟事案と同じく、要領よく的確に、熱意をもって管理するつもりだった。それだけでは十分でなかった。

夢うつつのうちに、サラの訃報《ふほう》に触れた同僚の反応を想像する。縁起でもない考えだが心地よい。ちょうど、悲痛なときに悲しい曲を聴きたくなるようなもの。しらじらしい心痛の表情を浮かべた彼らの泣き顔が、もう目に浮かぶ。こう言うだろう――「悪性の腫瘍だった」あるいは「彼女はこうなるのを悟っていた」。こうも言うだろう――「手遅れだった」、もっと悪いのは「彼女の対応が遅すぎた」と責任を負わせ、自業自得ということにする。真実は別のところにある。サラ・コーエンを殺すもの、じわじわと嬲《なぶ》り殺しにするものは、体にとりつき、予測のつかない残酷なダンスを踊らせる腫瘍だけではない。彼女を殺すもの、それは法律事務所で仲間と思っていた者たちから見捨てられたことだ。法律事務所の名声を確立するのに貢献してきたのに。存在理由、人生の意義、日本人がイキガイと呼ぶもの——これなしにサラは生きていけない。もはや抜け殻のような、からっぽの存在でしかない。

自分のお人好しには我ながら驚く。病気で法律事務所を混乱させるのをおそれていたが、もっと残酷な別の真実にぶつかる——サラがいなくても順調に機能している。専用の駐車スペースもオフィスもほかの者に割りあてられ、同僚は争って手に入れようとするだろう。そう思うと、うちのめされる。

心配した医師が抗鬱剤を処方してくれた。医師によれば、鬱は重病を告知された患者によく見られる。癌の悪化の要因ともなる。立ち直らなければ。どうしようもないばか、とサラは思った。病んでいるのはサラではない。治療されるべきは社会のほうだ。象の群れが年寄り象をおきざりにし、孤独死させるように、この社会は寄り添い守るべき弱者に背を向ける。子供向けの動物についての本でこんな文章を読んだことがある――「自然界で肉食動物は役に立ちます。というのも弱い者や病気の者を食べるからです」。娘は泣きだした。人間はこの法則には従わないといってサラは慰めた。自分は良い側、文明社会にいると信じていた。思い違いだった。

だから、いくら薬を処方されたって、たいして変わらない。いつでも、ジョンソンみたいな奴、クルストみたいな奴がいて、また頭を水に突っ込まれる。

ひどい奴ら。

子供たちが出発し、家はまた静かになる。サラは起きあがる。浴室まで歩くこと、それが今朝の彼女にできるぎりぎりだ。鏡にうつる肌は紙のように白く、光を透かすほど薄い。肋骨《ろっこつ》が浮き出し、脚はバゲットみたいで、ちょっとつまずけばマッチ棒のように折れかねない。かつては脚線美を誇り、尻は仕立てのよいエレガントなスーツにぴたりとおさまり、襟ぐりは証明済みの誘惑の武器だった。実際、サラはよくもてた。彼女の魅力に抵抗できる男はほとんどいなかった。すくなからぬ色恋沙汰や情事、それにふたつの大恋愛も経験した。ふたりの夫、とくに最初の夫は心底愛していた。青白い顔で、げっそり痩せ、スウェットパンツはだぶだぶで、幽霊に扮装する子供がかぶったシーツのよう。こんな自分を誰が美しいと思うだろう？ 病は着々と破壊活動を遂行し、もうじき十二歳の娘の服を着るまでに、子供サイズしか着られなくなるまでに痩せこける。こんな状態で、どんな火がつけられよう？ 誰の瞳に？ その瞬間、サラは誰かに抱きしめてもらえるなら、なんだってさしだしたい、と思う。あと何秒か、男の腕に抱かれ、自分を女と感じたい。それはどんなにやさしい感覚か。

乳房が片方ない——はじめは、つらさ、悲しさを認めたくなかった。いつもするようにヴェールで覆った。幕で隔てて距離をとる、やや不毛な試み。なんでもない、形成外科は奇跡を起こす、と自分に何度も言いきかせた。とはいえ、言葉がどうにも醜悪だ——切除《アブラシオン》、それは罰《ピュニシオン》、攻撃《アグレッシオン》、損傷《ミュティラシオン》、切断手術《アンピュタシオン》、解体《デモリシオン》と韻を踏む言葉。治癒《ゲリソン》とも、運が良ければ、韻を踏むかもしれない？ 見込みがあるのだろうか？ アンナは病気のことを知らされたとき、ひどく悲しそうだった。しばらく考え込んでから、こんなことを言った――アマゾンだね、ママは。それは、すこしまえにあった発表のテーマで、書いた作文は、サラが直してあげた。いまでも憶えている。

「アマゾンは乳房をさすギリシア語の『マゾス』から来た言葉で、ないという意味の『ア』がまえについています。古代ギリシアに生きた彼女たちは、弓が引きやすいように右側の乳房を切りとる慣わしでした。女戦士からなる部族を構成し、恐れられ、敬われてもいました。子供を産むため、近隣の小部族の男と交わりましたが、子供は女だけで育てました。男を雇って家事をまかせました。数多くの戦争をおこない勝利しました」

残念ながら、サラのこの戦いは、勝てるかどうかおぼつかない。長いあいだ無理を強いて、頓着せずにきたこの体、ときには――寝る暇も食べる暇もなく――渇望状態のまま、ほったらかしてきたこの体に、いま報復されている。自分はここにいる、と残酷に思い出させる。もはやサラは影、まがい物、かつての自分のぼんやりした反映でしかなく、鏡がそれを容赦なくつきつける。

何より滅入るのが髪の毛だ。いまではごっそり抜ける。癌専門医には言われていた。

不吉な予言——二回目の化学療法から髪が抜けはじめるだろう。今朝、サラは枕のうえに数十のちいさな離脱者を発見した。この出来事に何より気が重くなる。脱毛症、それは病気を目に見えるかたちにする。禿《は》げた女は病気の女。すてきなセーターを着て、ハイヒールを履き、流行のバッグを持っていても誰も見ない。ただ目に入るのは、その頭。自供、告白、苦悩と同義のスキンヘッド。スキンヘッドの男はセクシーにも見えるのに、禿げた女は病気にしか見えない、とサラは思う。

癌にすべて奪われることになる——職、容姿、女性らしさ。

同じ病にたおれた母を思う。ベッドにもどって静かに息をひきとり、向こうの母のもとへ行き、土の下で永遠の眠りをともにしたっていい。陰気な考えだが、心づよくもなる。すべてに終わりがあり、どんなに大きな苦しみも、明日は終わるかもしれない、と思えば安らかな気持ちになれる。

母を思うとき、まず目に浮かぶのはそのエレガンスだ。衰弱しても、母は必ず化粧し、きれいに髪をととのえ、ネイルケアをしてから外出していた。爪はおろそかにできない、とよく言っていた——手の身だしなみには気を遣いなさい。多くの人にとっては些細《ささい》なこと、軽薄なおしゃれにすぎなくとも、母にとってはこんな意味のサイン、身ぶりだった——わたしはまだ身だしなみに気を遣っている。活動的で多忙で、すくなからぬ責任と三人の子供（と癌）があって、日常生活に追われているけれど、あきらめていない、消えていない、まだここにいる、女らしく身だしなみのいきとどいた完全な体で。見て、この指先を、わたしはここにいる。

サラはここにいる。鏡のまえで、傷んだ爪と薄くなった髪を見つめている。そのとき、体の奥深くで何かが震える。まるで内面のほんのわずかな一部が運命に流されるのを拒むように。嫌だ、消えたりしない。あきらめない。

アマゾン、それがいまの自分。女戦士、女闘士。アマゾンはされるがままにはならない。最期まで戦う。けっしてあきらめない。

戦いにもどらなければ。母のため、娘のため、そして自分を必要とする息子たちのために。これまで勝ちとってきた、すべての戦いのために。戦いをつづけなければ。ベッドに横たわって、腕をさしのべてくるちいさな死に身をまかせたりしない。葬られるままにはならない。今日はならない。

すばやく服を着る。髪を隠すため、クローゼットから毛糸の帽子を取りだす——しまったまま忘れていた子供用の帽子、スーパーヒーローのキャラクターつきだ。かまわない、温かいだろう。

そんないでたちで家を出る。外は雪。コートの下にセーターを三枚重ね着している。そんないでたちで、ちっぽけに見える。まるでむくむくの毛の下でちぢこまるスコットランドの羊のよう。

サラは家を出る。今日、と決めた。

どこへ行くかはわかっている。

ジュリア

イタリア、シチリア島、パレルモ

イタリア人はイタリア人の髪を欲しがる。

言葉がギロチンのように落とされた。ジュリアは家の居間で、母と姉妹をまえに、インド人の髪を輸入して作業場を救う計画を発表したところだ。

それまでの数日は、計画を練るためがむしゃらに勉強した。市場調査をし、銀行に出す書類も準備した――融資は必須だ。昼も夜も働き、ろくに眠らなかったが、そんなことはなんでもない。神々《こうごう》しい使命に身を捧げているような気がする。この自信とエネルギーが急にどこからわいてくるのかわからない。そばで見守ってくれるカマルの存在？　父が昏睡《こんすい》の底から、力と信念をあたえてくれる？　ジュリアには、山でも動かせそうな気がする。アペニン山脈からヒマラヤまで。

金儲《もう》けの誘惑にかられるのではない。イギリス人実業家が自慢する億単位の金など、どうでもいいし、プールもヘリコプターもいらない。望みはひたすら、父の作業場を救うこと、そして家族が屋根の下で暮らせること。

うまくいくはずがない、とマンマが言う。ランフレッディ家はむかしからシチリアで原料調達してきた。毛髪《カスカトウーラ》は先祖伝来の風習だ。伝統は軽々しく捨てられない、と言いはる。

その伝統が命取りになる、とジュリアは言い返す。財政状況は逼迫《ひっぱく》していて作業場の閉鎖はまぬがれない。もっても、せいぜい一ヵ月。生産体制を見直し、世界に目を向けなくては。世のなかの変化を受けいれ、自分たちも変わらなければ。この国で、変化を拒む家族企業は次々に倒産している。いまや国外に目を向け、大きく打って出なくては、生き残りがかかっているのだ！　変化か死、ふたつにひとつ。話しながらジュリアは、翼が生えてきたような気がする、まるで大法廷で重要な裁判の弁護をしているような気持ちになる。弁護士にはむかしから憧れる――上流社会の教育がある人の職業。ランフレッディ一族に弁護士はおらず、労働者ばかりだけど、大義のために戦い、力があって尊敬される女性だったらどんなにすばらしいだろう。たまに想像するそんな考えは、忘れられた夢の冥府へとまた追いやられる。

多くの専門家も認める、インド人の毛髪の質のよさを、ジュリアは情熱的に説明する。アフリカ人の髪はもろい一方、アジア人の髪は丈夫で、とりわけインド人の髪はなめらかさ、着色しやすさ、どれをとっても優れている。脱色し、着色されれば、どこから見てもヨーロッパ人の髪と見分けがつかなくなる。

フランチェスカが口をはさむ――母と同感、絶対うまくいきっこない。イタリア人は輸入された髪なんか欲しがらない。ジュリアには意外でもなんでもない。姉は後ろ向き、世界が黒や灰色に見えていて、イエスと考えるまえに、まずノーと言う人間だ。いつも瑣末《さまつ》な難点、テーブルクロスのちっぽけなしみに目くじらをたてる人。人生を見渡し、あらを探し、世界の調和を乱すものを見つけては、悦に入って生きているような人。姉はジュリアと正反対のイメージ、写真用語でいえば陰画《ネガティヴ》だ——輝度が反転している。

イタリア人が欲しがらないなら、よそに販路をもとめればいい、とジュリアは返す——アメリカ人だってカナダ人だっている。世界は広く、髪はどこでも必要とされている！　ヘアピース、付け毛《エクステ》、かつら業界はいま急成長している。この波に乗るのだ、のみ込まれてはいられない。

フランチェスカは疑念と不信をジュリアにぶつける。姉はずけずけとものを言う。どうやって、そんな事業を始めるつもり？　イタリアから出たことも、飛行機に乗ったことすらないくせに？　パレルモ湾より遠くを知らないくせに、どうやってそんな離れ業をやってのけるの？　そんな奇跡を？

だがジュリアは夢を信じたい。インターネットが距離をなくし、いまや世界は手のなかにある。ちょうど子供のころもらった光る地球儀のように。インドは近い、ほとんどご近所のようなもの。価格を詳細に研究し、毛髪相場もわかっている。計画は非現実的ではない。ただ、必要なのは勇気と信念。自分には、それがある。

アデラは黙っている。片隅にすわって、にらみあう姉たちを見ている。どんな状況でも、他人のすることに無関心で中立を保つ、ひと言にして——ティーンエイジャー。

作業場は閉めて建物を売却すればいい、とフランチェスカはつづける。家の抵当権を買いもどす足しになるだろう。なら、生活費はどうするの?! とジュリアが応じる。仕事が簡単に見つかるとでも思っているの？　それに、従業員のことは考えたの？　うちの会社のために長年勤めてくれた、彼女たちの将来はどうなるの？

話しあいは喧嘩《けんか》のようになってくる。マンマは、家じゅうに大声を響かせる娘たちのあいだに入って、決着をつけなくてはならないとわかっている。理解しあって仲良くしたためしがない、と苦々しく考える。よるとさわると対立してきたふたりだが、今回のは最たるもの。自分が裁定を下さなければ。

たしかに従業員のことは考えなくちゃいけない、体面と名誉の問題だ、と母は言う。だけど、フランチェスカの言い分はもっともだ――イタリア人はイタリア人の髪を欲しがる。

このせりふが、ジュリアの計画に弔鐘を鳴らす。

ジュリアはうちひしがれて家を出る。計画のために奮闘する覚悟はしていたけれど、まさかここまで反対されるとは思ってもみなかった。パーティーの一夜が明け、うんざりして酔いがさめた気分だ。母と姉妹の同意がなければ、作業場はどうすることもできない。空中楼閣《ろうかく》は踏みにじられた。見事な意気込みはもろくも崩れ、かわりに迷いと不安が頭をもたげる。

病室の父の枕もとに逃げ込む。父ならなんと言っただろう？　父ならどうしただろう？　父の腕のなかで、子供のように気がすむまで泣けたらどんなにいいか。信念を見失いつつある。もうどうしたらいいのかわからない。計画にこだわるか、封印するか、ゆっくり死につつある伝統のために、分別の祭壇で焼きつくす捧げ物にするか。うちのめされ、幾晩もの徹夜で疲れきって、すぐにでもベッドで、パッパの傍らで眠り込んでしまいそう。父のように、百年眠りたい。

ジュリアは目を閉じる。

いきなり屋上の実験室《ラボラットリオ》に来ている。父が、かつてのように海をまえにすわっている。苦しそうではない。さっぱりとした穏やかな表情だ。ジュリアを待っていたように、微笑みかける。ジュリアは隣りに行ってすわる。悩み、悲しみ、無力感を父に話す。作業場のことが残念だと言う。

誰にもかまわず、自分の道をまっすぐ進め、と父は答える。信念を捨てちゃいけない。おまえの意志は偉大だ。おまえには力も能力もある。ねばりづよく頑張るんだ。人生は、おまえにでかいものを用意している。

かん高い音が鳴り響く。ジュリアは、はっと目覚める。病室のベッドの父のそばで眠り込んでいた。まわりにある生命維持装置が鳴りだした。看護師たちが駆け込んでくる。

その瞬間、まさにその瞬間、ジュリアは父の手が動くのを感じる。

スミタ

インド、アーンドラ・プラデーシュ州、ティルパティの寺院

ティルマラの山に日が昇る。

スミタとラリータは寺院入口の巡礼の列にくわわる。子供が進みでて、干した果物と練乳でつくられたまるい菓子、ラドゥをさしだす。材料の分量、割合は厳密に定められている。レシピは神がじきじきに伝授された、と子供が言う。菓子は寺院内で世襲の祭司アシュカによってつくられ、巡礼者にあたえられる。これを食べることは身を清める過程のひとつである。スミタは思いがけない食事を神に感謝する。数時間の眠りとラドゥの甘さに元気づけられ、すべてを神に捧げられる気がする。内部で何が

待ち受けているか、ラリータにはまだ話していない。富める者は食べ物や花、金や宝石を奉納するが、貧しい者がヴェンカテスワラに捧げられるのは、唯一の持ち物、髪だけだ。

大むかしからの伝統——髪を捧げること、それはあらゆる見栄を捨て、最もへりくだった裸の姿で神のまえに出ること。

寺院に入ると、スミタとラリータは格子で隔てられた廊下へ進む。無数のダリットがここで、えんえんと待っている。待ち時間は長く、まる二日におよぶこともある、と入口のゆかにすわった男に言われる。金のある者は待たずにすむチケットを買う。順番を逃さないように、多くの家族連れがその場で寝ている。スミタとラリータは粗末な檻で何時間も待ちあぐねた末、数百人の理髪師がいそがしく立ち働く四階建ての巨大な建物、カリアナカタのまえにでる。夜昼なく人々のひしめく場所。世界最大の美容院、とも言われている。剃髪の料金は十五ルピー、とスミタは知る。まったく、ただでは何も手に入らない。

広大な部屋では見渡すかぎり、男や、赤ん坊をかかえた女、子供、老人がヴィシュヌ神に祈りを唱えながら、理髪師に髪を剃《そ》られている。流れ作業で剃られた何百もの坊主頭を見て、ラリータは怯《おび》える。泣きはじめる。自分の髪をあげたくない、惜しすぎる。抵抗するように、人形をぎゅっと抱きしめる。この布切れは旅のあいだも手放さなかった。スミタはかがんで、娘の耳にやさしくささやく。

怖くない。

神様がついていてくださる。

髪はまた生える。もっと美しくなって生えてくる。

心配しなくていい。わたしが先に行く。

母のやさしい声に、すこし元気が出る。髪を剃られたばかりの子供たちをうかがうと、自分の頭をなでて笑っている。悲しげではない。むしろ、新しい外見を面白がっているようだ。同じようにつるつるの頭をした母親に、肌を日光と感染から保護するとされる、黄色い白檀《びゃくだん》オイルを塗ってもらっている。

順番がまわってきた。スミタは理髪師からまえに出るよう合図される。うやうやしく進みでる。ひざまずいて目を閉じ、小声で祈りを唱えはじめる。広大な部屋の真ん中でヴィシュヌ神に彼女が何をささやいているかは秘密だ。誰にも立ち入れない特別なひととき。このときのことを何日も考えつづけてきた、いや、何年もまえから考えている。

理髪師は簡潔な所作でかみそりの刃を替える。寺院長から巡礼者ごとに刃を替えるよう、厳しく命じられている。代々つづく理髪師の家系だ。毎日、同じ動作をくりかえす。何度もくりかえすあまり、夜は夢に見る。髪の海で溺れることもある。理髪師はスミタに髪を三つ編みにするように言う。こうすれば、剃るのも片づけるのも楽になる。そして、頭にすこし水をかけてから剃りはじめる。ラリータは不安げなまなざしを母に向けるが、スミタは微笑んでみせる。ヴィシュヌ神がおそばについている。ここに、すぐそばにおられる。

祝福をたれてくださる。

髪のたばが足もとに落ち、スミタは目を閉じる。まわりでは何千もの人々が同じ姿勢で、よりよい人生を祈願し、この世であたえられた唯一のものを捧げている。ここ、カリアナカタのゆかにひざまずいて手を合わせながら、天からの恩寵である装い、髪を天にお返しする。

スミタが再び目を開くと、頭は卵のようにつるりとしている。立ちあがり、ふいに信じられないほど軽やかな気分になる。陶然とするような未知の感覚。全身に震えがはしる。足もとを見ると、かつての自分の髪、漆黒の小山があたかも抜け殻のように、すでに思い出となって、そこにある。いまや身も心も清められた。安らかな気持ちだ。祝福されている。守られている。

今度はラリータが理髪師のまえに進みでる。かすかに震えている。スミタが手を握ってあげる。理髪師は刃を替えながら、娘の腰まである編み髪に感嘆の目を向ける。つややかでずっしりとしたすばらしい髪だ。スミタは娘と見つめあい、バドラプールのあばら家のちいさな祭壇で、いつも唱えた祈りを一緒にささやく。自分たちの境遇を思い、いまは貧しくとも、いつの日かラリータは車を持つかもしれない、と思う。するとFind微笑が浮かび、力がわいてくる。今日ここでする捧げ物のおかげで、娘の人生は自分のそれよりよくなるだろう。

カリアナカタを出ると光がまぶしい。髪のない母娘の顔は、これまでになくそっくりだ。まえより幼くかぼそく見える。手をつないで微笑みあう。ここまで来た。奇跡は為《な》された。ヴィシュヌ神は約束を果たしてくださる、とスミタは知っている。チェンナイではいとこが迎えてくれるだろう。明日から新しい人生が始まる。

その場をあとにし、黄金神殿のほうへ向かいながら、娘と手をつなぐスミタは悲しくない。いいや、まったく悲しくない。確信があるのだから――捧げ物に、神は感謝をしめしてくださる。

ジュリア

イタリア、シチリア島、パレルモ

「不可能だとは知らなかったから、彼らは実行した」

ジュリアが子供のころ読んで気に入ったマーク・トウェインの一節だ。いま、ファルコーネ＝ボルセリーノ空港の滑走路に立ってそれを思い出している。世界の果てから、最初の髪を積んだ貨物機が到着するのを、感無量で待っているところだ。

パッパは目を覚まさなかった。あの日、病院で死んだ。父の傍らで、生涯忘れないあの不思議な夢を見たあとに。旅立つとき、手を握られた。別れの挨拶のように、まるでこう言うかのように——行きなさい。逝《ゆ》くまえに、バトンを渡されたのだ。ジュリアにはわかっている。医師たちが蘇生《そせい》を試みるあいだ、作業場は救う、と誓った。父とふたりだけの秘密だ。

葬儀は父が好きだった礼拝堂であげることにこだわった。母に反対された。狭すぎて、みんながすわれない、と言われた。ピエトロは人気者で、本当にたくさん友人がいたし、シチリアじゅうから親戚一同が集まるし、従業員もいる……。かまわない、父を好きな人たちは立っていてくれるでしょ、とジュリアは言った。母も最後には折れた。

このところ娘は人が変わったようだ。いつも聞き分けがよく、物静かで柔順だったジュリアが驚くほど強情なところをみせる。新しい目標に心を奪われている。作業場を救おうと奮闘し、あきらめようとしなかった。行きづまりを打開するため、従業員による投票を提案した。同じことは、経営危機にあるほかの企業でもおこなわれている、と言った。だいたい、従業員の意見を訊《き》くのが筋ではないか。彼女たちの問題でもあるのだ。母は合意し、姉妹は受けいれた。

若い者が年長者に影響されないよう、無記名投票とした。インド人の毛髪を輸入する新しい方針をとるか、作業場の閉鎖と、ささやかな手当が支払われる協議解雇をとるか、従業員は選択をもとめられた。もちろん、前者の解決策にはリスクも不確定要素もある、とジュリアは隠さなかった。

投票は作業場の大部屋でおこなわれた。マンマも、フランチェスカ、アデラとともに立ち会った。開票集計をしたのはジュリアだ。震える手で、パッパの帽子に投じられた紙片を開いた――帽子は、父に最後のオマージュを捧げるための、ジュリアの思いつきだった。こうすれば、すこしだけ一緒にいてくれてるみたいでしょ、と言った。

賛成は七票。反対三票に対して過半数を獲得し、決断は下る。ジュリアはこの瞬間を長く忘れないだろう。よろこびを隠しきれなかった。

カマルの仲介でインドの取引先とコンタクトをつけた。チェンナイを拠点にするその男は、大学で商学を学んだ。国じゅうの寺院をまわり、髪を買いつける。ビジネスには厳しいが、ジュリアも駆け引きではねばりづよいところをみせる。あんた、根《ミーア・カーラ》っからの商売人みたいね！　とノンナは面白がる。

ジュリアは弱冠二十歳にして作業場のトップに立つ。界隈《かいわい》では最年少の経営者だ。父の事務室に引き移る。壁に先祖のそれと並ぶ父の写真をよく眺める。自分の写真を額に入れて飾る気はまだ起こらない。そのうちに。

悲しくなると、屋上の実験室《ラボラットリオ》にあがる。海をまえにすわって父を思い、父ならなんと言うか、どうするか考える。ひとりではない。パッパがそばについている。

今日はカマルがジュリアのそばについている。空港について来たがったのだ。最近は昼休み以外も一緒にすごす。カマルは何があってもつねにジュリアの味方になり、どんなアイディアにも親身に耳を傾け、積極的で熱意と創意にあふれている。恋人だったが、いまでは相棒であり、相談相手でもある。

ついに貨物機があらわれる。空に浮かぶ点がゆっくり大きくなってくるのを見つめながら、自分たちの将来が、あのふくらんだ腹のなかにある、と思う。カマルの手を握る。その瞬間、自分たちが人生の紆余曲折《うよきょくせつ》にたまたま軌道がかさなった、さまよえる別々の存在ではなく、固く結ばれた男と女だと感じる。マンマや親戚、町の人たちからどう言われようとかまわない。いま、カマルのそばで女だと感じるし、それを明らかにしてくれたのは彼だ。この手をそう簡単に放しはしない。この先、しばしば握ることになるだろう。路上で、公園で、産科で、眠りながら、よろこびに震えながら、泣きながら、ふたりの子供を出産するときも、ずっとこの手を握っている。

飛行機が着陸し、停止する。ただちにコンテナが降ろされ、貨物取扱係がいそがしく作業する集荷センターへ運ばれる。

ジュリアは倉庫で、貨物受け取りのサインをする。目のまえにある梱包《こんぽう》はスーツケースほどの大きさもない。震えながらカッターをとりあげ開封する。最初の髪があらわれる。そっと髪のたばを手に取る——長い長い漆黒の髪。まちがいなく女性の髪、なめらかでいてずっしりしている。隣りの別の髪はそれほど長くはないが、絹かヴェルヴェットのように柔らかい——子供の髪のようだ。取引先からの断り書きによれば、髪が買いつけられたのは先月、ティルパティの寺院、あらゆる宗教の聖地のなかで、メッカとヴァチカンを抜いて、世界最多の巡礼者数を誇る聖地。この点がジュリアの印象に残った。そのとき、髪を奉納する見知らぬ男女、この先けっして会うこともない男女を思う。彼らの貢ぎ物は神の恵み。その人たちを両腕に抱きしめ、感謝したい。彼らは髪がどれほど波瀾《はらん》に富んだ旅をし、どこを経巡《へめぐ》り、どこにたどり着くのか知るよしもない。だが旅は始まったばかり。作業場の女たちが梳き、洗い、加工した髪はいつの日か、どこかで誰かが身につけるだろう。その人は、どれほどの奮闘があったか想像もしないだろう。この髪を身につけ、いまジュリアが感じているように、誇らしく感じるかもしれない。そう思うと、笑みが浮かぶ。

カマルの手を握りながら、自分の場所はここにある、とうとう見つけた、とジュリアは思う。父の作業場は救われた。父は安らかに眠れる。いつの日か、自分の子供がこの系譜をさらに長くつないでくれるだろう。子供に仕事を教え、かつて父とヴェスパでまわった道へ連れて行こう。

いまでも夢に見ることがある。ジュリアはもう九歳ではない。父のヴェスパはもうけっしてもどらないが、未来は希望に満ちている、といまはわかる。

そして未来はいま、この手のなかにある。

サラ

カナダ、モントリオール

サラは雪の積もった道を歩く。二月初旬のいま、気温は氷点下だが、冬でよかったと思う。アリバイになってくれる。おかげでサラの帽子は、防寒のため帽子をかぶった人々の雑踏で目立たなくなる。手をつないだ小学生のグループとすれちがう。そのなかに同じ帽子をかぶった少女がいる。少女は面白がって仲間のように目配せする。

サラは歩きつづける。コートのポケットには、数週間まえに病院で出会った女性からもらった、ちいさなカードがある。療法を受けるため、同じ部屋にすわっていたふたりは、カフェのテラスで客がするように、ごく自然に会話を始めた。そんなふうに午後じゅう話していた。病気がふたりを接近させ、見えない糸で結ぶように、会話はすぐに親密な打ち明け話の雰囲気になった。サラはインターネット上のフォーラムやブログで体験談を数多く読んでいて、まるで同好会のような、それを経験し、事情に詳しい人たちのグループに仲間入りしたような気分になったものだ。これが初めてではないベテラン戦士〈ジェダイ〉がいて、新参者〈パダワン〉がいる。サラのような後者は、すべてを学ばねばならない。あの日の病院の女性――自分の病気については多くを語らなかったが、すでに戦いを経験しているジェダイのはず――は、「補足髪」と彼女が呼ぶものの店と、控えめで有能な店員の話をしてくれた。そのサロンのカードを、いざというときに使うよう、サラにくれた。快復へ向けた戦いでは、自分を尊重することを怠ってはいけない、と言っていた。鏡にうつる自分の姿は敵ではなく、味方でなくてはならない、と考え深げにしめくくった。

サラはカードをしまい、もはや考えることもなかった。決着の日を、先にのぼそうとしたが、現実に追いつかれた。

いざというときが来た。サラは雪の降り積もる町をサロンへ向かう。タクシーを使ってもよかったが、あえて歩くことにした。これは巡礼のような、徒歩でたどるべき道、通過儀礼のようなもの。そこへ行くことは多くを意味する——ついに病気を受けいれる。もう拒絶も否認もしない。罰や宿命、耐え忍ぶべき不運としてではなく、むしろ事実、人生の出来事、立ち向かうべき試練として、病を正面から、ありのままに見つめる。

サロンに近づくにつれ、サラは不思議な感覚にとらわれる。既視感でも予感でもなく、意識と体全体にひろがる深々とした感覚、奇妙にもこの道をすでにとおったような気がする。だがこの界隈に足を踏み入れるのは初めてだ。わけもなく、そこで何かが待っているような感じがする。ずっとまえから約束があったような気がする。

サロンのドアを押す。上品な女性に丁重に迎えられ、廊下の奥にある肘掛け椅子と鏡のある小部屋にとおされる。サラはコートを脱ぎ、バッグをおく。ちょっと間をおいて帽子を脱ぐ。女性は何も言わずに、一瞬、見つめる。

モデルをお見せします。とくにお探しのモデルはありますか？

その口調にはへつらいも憐《あわ》れみもない。飾り気のない、あたりまえの口調。サラはそくざに信頼感がわく。間違いなくこの道のプロだ。自分と同じケースの女性を何十人、何百人と見てきたにちがいない。その応対を一日中しているにちがいない。だがこのときサラは、固有の存在、すくなくとも、サラ個人として応対されている気がする。悲劇化するでも陳腐化するでもなく、実に巧みで、洗練された仕事ぶり。

問われて、サラは当惑する。わからない。考えていなかった。欲しいのは……生きした、自然なもの。つまり、自分らしいもの。ちょっと間が抜けている。自分のものでない髪の毛が、顔や性格にマッチするはずがないではないか？

女性はしばし姿を消し、帽子箱のかたちをした段ボールをかかえてもどってくる。最初の箱から赤褐色のかつらを取りだす――合成繊維、日本製です、と説明する。逆さまにして力づよく振る。箱のなかで型崩れすることがままあって、人間らしいかたちにととのえなくてはいけません、と言う。サラはおっかなびっくり試着する。厚ぼったい髪の下にのぞく顔は自分のものとは思えない。毛の塊をかぶっているのは自分ではなく、変装しているみたいだ。たいへんお得な商品ですが、私どもの最高の品ではありません、と女性がコメントする。二番目の箱から、別のかつらが取りだされる。これも人造毛髪だが高品質――「快適装着感」にランクされている。サラはなんと言ってよいかわからず、鏡にうつる姿を眺めて考え込む。やはり自分には似ても似つかない。かつらそのものは悪くなく、ケチをつけるところはない。これがいかにもかつらであるという点をのぞいては。だめだ、ありえない、スカーフか帽子のほうがまだまし。すると、女性は三番目の箱を取りあげる。なかにあるのは最後のモデル、人毛製、と女性は説明する。希少で高額な商品――ですが、惜しまず購入される方もおられます。そのかつらをサラは驚いて眺める。髪色が自分の髪と同じ、長くつややかで、どこまでもなめらかでずっしりしている。インド人の髪です、と女性が明かす。髪の加工処理、脱色、着色がおこなわれたのはイタリア、正確にはシチリア島のちいさな作業場で、そのあと髪の毛は一本ずつチュールの下地に固定されます。使われているのは編み込み技法、鉤針《かぎばり》での植えつけより長時間を要しますが、丈夫です。八十時間の作業で、髪の毛およそ十五万本。稀に見る商品。精巧な仕上がり、と私どもの業界では申します、と女性は誇らしげにつけくわえる。

　女性に手伝ってもらい、サラはかつらをつける。つねに前から後ろへ向けてかぶせる、はじめは難しそうでも、すぐに慣れて、長く使ううち、鏡なしでもつけられるようになる、と女性は言う。もちろん、美容院で好みの髪型にカットしてもらうこともできる。手入れは簡単、シャンプーをしてすすぐだけ。自分の髪と同じようにすればいい。サラは顔をあげ、鏡を見る――目のまえには未知の女、自分とそっくりだが、別人のようでもある。不思議な気持ちだ。とはいえ、顔立ち、青白い肌、隈《くま》のある目にはなじみがある。自分、たしかに自分だ。髪に触れ、ととのえ、ふくらませたりボリュームをおさえたり、思いどおりにするというより、なじませようとする。髪はさからわず、柔順に寛大に飼い慣らされるままになる。髪はゆっくりと楕円《だえん》の顔に身をゆだねて寄り添ってくる。サラはなでつけ、ととのえながら、髪があまりにも協力的で、感謝の念すらわいてくる。他人の髪であるはずが、目に見えないほどかすかに顔、輪郭、目鼻だちと調和していき、彼女の髪となる。

サラは鏡にうつる自分を眺める。失っていたものを、髪がいま取りもどしてくれたかのよう。力、尊厳、意欲、サラを本来のつよく誇り高いサラたらしめるものすべて。そして美しさも。にわかに心が決まる。女性をふりかえって、頭を剃ってほしいと頼む。この場でそうしたいのだ。いますぐ。今日からこのかつらをつける。これで帰宅するのも恥ずかしくない。それに、下に髪がないほうが、かつらはずっとつけやすい。どうせ遅かれ早かれ、そうせざるをえなくなるのだから、いまここでしたほうがいい。だって、いまのサラにはその力があるのだ。

女性はうなずく。かみそりを手に、やさしく慣れた手つきで取りかかる。

再び目を開くと、サラは驚いてしばし間をおく。剃りたての頭はちいさく見える。髪が生えるまえの一歳の娘に似ている——まるで赤ん坊。子供たちの反応を想像してみる。こんなところを見たらびっくりするだろう。いつか、子供たちに見せるかもしれない。

　見せないかもしれない。

　つるりとした頭に、教えられたようにかつらをかぶせ、自分のものとなった髪をととのえる。鏡にうつる自分の姿のまえで、サラは確信にとらえられる――生きていく。子供たちの成長を見ていく。彼らがティーンエイジャーになり、大人になり、親になるのを見るだろう。何より、子供たちがどんな好みや適性をもち、どんな恋愛をし、どんな才能があるのか知りたい。人生の道に付き添い、やさしく思いやりある母親として、傍《かたわ》らを歩く。

　この戦いを勝ちぬき、青ざめてもしっかりと立つ。何カ月か、何年か、治療にどんなに時間がかかろうとかまわない。これからはすべてのエネルギーをそそいで一分、一秒、全身全霊で病と戦う。

　みんなから感嘆されたパワフルで自信に満ちた女性、サラ・コーエンではもうけっしてない。もうけっして無敵でも、スーパーヒロインでもないだろう。彼女は彼女、サラ、人生に翻弄され、欠陥だらけ傷だらけになっても、生きていく。もう傷や欠陥を隠そうとはしない。まえの人生は偽りだった。この人生は真実となる。

病からひと息つけるようになったら、独立して事務所を開こう、まだ何人かのクライアントは信頼してついてきてくれるだろう。ジョンソン&ロックウッドを相手どって訴訟を起こそう。サラは優秀な弁護士、町でも指折りの弁護士だ。労働の現場で早すぎる死を宣告され、彼女と同じように二重の苦しみを味わう大勢の男女のためにも、自分が標的にされた差別を公にする。彼らのために戦う。それがとりえなのだ。それが彼女の戦いとなる。

これからは別の生き方を学び、子供たちとの時間を楽しみ、年度末のお楽しみ会にも発表会にも休みを取ろう。誕生日はもうひとつも逃さない。バカンスに夏はフロリダ、冬はスキーに連れて行こう。子供たちとの時間は、サラの人生でもある、もう誰にも譲らない。もう壁も嘘もまっぴらだ。もう二度と、まっぷたつに引き裂かれはしない。

それまでは、ミカンと戦わなければ。自然からあたえられたものを武器にして——勇気、気力、固い意志、そして知性。家族、子供たち、友人。それから医師と看護師、癌専門医とレントゲン技師に薬剤師、そばで日々ともに戦ってくれる人々。ふいに、壮大な英雄伝説のとば口に立ち、強大なエネルギーが発散されていくような気がする。熱いものが体じゅうを駆けめぐり、わきたち、腹のなかで新奇な蝶《ちょう》がそっと羽ばたくのを感じる。

外には世界があり、人生があり、子供たちがいる。今日は学校に子供たちを迎えに行こう。彼らの驚く顔がもう目に浮かぶ。迎えに行ったことはほとんどない。たぶん、アンナは感動するだろう。双子は駆け寄ってくるだろう。髪型に、新しい髪に気づくだろう。そのときサラは子供たちにわけを話そう。病のこと、仕事のこと、みんなで立ち向かわなければならなくなる戦いのことを話そう。

サロンをあとにしながら、サラは世界の果て、インドで髪を捧げた女性を思い、それを辛抱づよくときほぐし、加工処理したシチリア島の女性たちを思う。髪をかつらにまとめあげた女性を思う。すると、世界が一致団結して自分の快復のために働いてくれている気がする。教訓集《タルムード》の言葉を思い浮かべる――「ひとつの命を救う者は、みんなを救う」。いまみんなに救われ、サラはみんなにありがとう、と言いたい。

自分はここにいる、そう、たしかにいま、ここにいる。

まだこれからも長くいる。

そう考えて、微笑する。

エピローグ

作品が仕上がった。
かつらが目のまえにある。
格別の感情にとらわれる。
立ち会う者はいない。
私だけのよろこび、
仕事を完成したよろこび、
仕事を丹念に仕上げた誇らしさ。
描いた絵をまえにした子供のように、　私は微笑む。

この髪を思う、

髪が来た場所を、
ここに着くまでにたどった道を、
これからたどる道を思う。
道が長いのは知っている。
多くの人に出会うだろう、
作業場に閉じこもった私が
一生かけても会うことのない人々に、
そんなことはかまわない、この髪の旅は、私の旅。

私の仕事は女たちに捧げられる。
魂でできた大きな網のように、
髪の毛で結ばれた女たちへ、
愛し、子を産み、願う女たち、
何度も倒れ、また立ちあがる女たち、
うちのめされても、屈しない女たち、

その戦いは私も身におぼえがある、
その涙とよろこびを分かちあう。
それぞれが、ほんのすこし私の分身。

私はたんなるつなぎ、
ささやかな架け橋でしかない。
女たちの人生が交わるところで
それを結びつける細い糸、
世界からも人の目にも見えない、
髪の毛ほどに細い糸。

明日から、また仕事にかかる。
新しい物語が待っている。
別の人生。
新しいページ。

謝辞

ジュリエット・ジョストの情熱と信頼に。

常に変わらぬ支えでいてくれた夫ウディへ。

子供のときから私の最初の読者である母へ。

この本の各過程でそばについていてくれたサラ・カミンスキーに。

ユーゴ・ボリスのこのうえなく貴重な援助に。

仕事場に招き入れ、説明してくれたパリのカピラリア工房のフランソワーズに。

鋭いアドバイスをしてくれたニコール・ジェクスとベルトラン・シャレへ。

調査に協力してくださったフランス国立視聴覚研究所の資料整理係のみなさんへ。

そして最後に、子供時代から書くことの愉しみを教えてくださったフランス語の先生方へ。

訳者あとがき

本書はフランスのレティシア・コロンバニ（一九七六年ボルドー生まれ）の小説『三つ編み』（Laetitia Colombani, *La Tresse*, Grasset & Fasquelle, 2017）の全訳である。

刊行前から早々と十数カ国で翻訳権が売れて話題となった本書は、二〇一七年春に本国フランスで刊行されるとベストセラーとなり、幅広い支持を裏うちするように、女性団体やエンターテインメント界、医療施設内図書館連盟など各方面から贈られた賞は八つにのぼった。さらに翌年には、小説の一部が子供向け絵本『三つ編み、またはラリータの旅』として出版された。二〇一九年現在、小説は八十五万部が売れ、三十二言語に翻訳され、デビュー小説としては異例の成功をおさめている。（追記、二〇二四年現在フランスで二百万部突破、三十七言語に翻訳されている）

小説家として無名だった著者は、映画監督で脚本家、そして女優でもある。監督作品にはオドレイ・トトゥ主演『愛してる、愛してない…』（*À la folie ... pas du tout*, 二〇〇二年）などがあり、本書も彼女自身の脚本監督によって映画化が進められている。映画人としての特質に着目し『ル・モンド』紙は次のように評している。「脚本家で映画監督のレティシア・コロンバニが語《ナレーション》りと編集《モンタージュ》のツボを心得ているのは一目瞭然だ。芯の強い女性たちをいきいきと描き、その人生を絡み合わせながら明るい展望をひらいていく。だが、抑制された繊細な文体のため、単なる『心地よい小説』で終わることはない」（二〇一七年六月一日付）。

小説には三人のヒロインが登場する。地理的にも社会的にも大きくかけ離れた境遇にあって、面識もない彼女たちの人生は、ちょうど三つ編みのように交差して語られるうち、結末で深々と結びついていく。

インドのスミタは不可触民《ダリット》。代々一族の女がしてきたように上位カーストの家々をまわり排泄物をあつめるのが仕事だ。日々つきまとわれる凄まじい悪臭もさることながら、人と言葉を交わすことはおろか、姿をさらすことも許されない人間以下の身分とされる。六歳の娘ラリータには別の人生を切望し、学校で読み書きを習わせようと決意する。

シチリアのジュリアは二十歳。曾祖父が創業し、いまは父が経営する毛髪加工の作業場で働いているが、ある日、父が交通事故で昏睡状態に陥る。回復を信じながらも不安な日々を送る彼女は、ひょんなことからターバンを巻いたシク教徒の移民青年に出会い、惹かれていく。だが、大黒柱を失った作業場の経営は、若い彼女の肩に容赦なくのしかかってくる。

モントリオールのサラは四十歳の有能な弁護士。勤務するビジネスコンサルタント法律事務所では、ガラスの天井を突き破ってトップの座を目前にしているが、私生活では二度離婚しているシングルマザー。三人の子供の世話は、罪悪感にかられながらベビーシッターにまかせている。社会の強者、成功者としての彼女の立場はしかし、乳癌の告知によってはげしく揺さぶられる。

三人とも不運や試練に見舞われながら、それを乗り越えようと奮闘する。闘う女性を描くフェミニズム小説といえる。

女性のおかれた状況がとりわけ苛酷なのがインドだ。女の子は生後すぐに殺される地域すらある。そうでなくとも、トイレがないため危険にさらされ、強姦されれば罪人あつかい、夫や兄弟が犯した罪を贖《あがな》うためにも強姦される状況、寡婦は不吉と忌み嫌われるばかりか、呪いによって夫の死を招いたと、魔女狩り同然の迫害を受ける状況が詳述される。そこまでひどくはないとしても、シチリアだって「男の顔をたてるのが女の役目」のマッチョな社会として描かれ、モントリオールの女主人公もキャリアを築くには相応の代償を払わざるをえない。

本書が社会現象とまでいわれる売り上げを記録しているのも、国によっては翻訳権の争奪戦があったのも、背景には当然、折から高まった「#MeToo」ムーヴメントの影響があるだろう。

とはいえ、女たちの闘争の矛先にいるのは必ずしも男ではない。あるインタヴューで著者はこう述べている。「男性に闘いを挑むつもりはありませんでした。闘う相手はまず社会です」（『パリ・マッチ』誌二〇一七年六月一六日付）。実際、脇役にはやさしく思いやり深い男たちがいて、押しの弱さで女たちの引き立て役になっているくらいだ。

小説の背景として描かれている身分制度や伝統的価値観、能力主義といった社会的重圧、そこでは男性も（ナガラジャンやカマルのように）差別や搾取の対象になる。だが、ヒロインたちはこのような重圧に屈することなく、そこから脱け出し、自由に自分の人生を変えようとする。たとえそれが奇跡のように見えても、あきらめず妥協せず懸命にもがくのだ。

それにくわえて、モントリオールのヒロインは癌とも闘うことになる。

実はこの小説は、著者が乳癌に罹患《りかん》した親友につきそって遭遇した出来事にインスピレーションを得て書かれたという。巻頭で「勇気ある女性たち」と並び、本書が捧げられている「オリヴィア」がその親友だ。自分と同様まだ若く、幼い子をもつ親友の罹患に、著者は大きな衝撃を受けた。本書は親友の闘病とともに書き進められている。だからこそ、告知のさいの心境や、病気の進行に伴う肉体的苦痛などの描写が克明で真に迫っているのだろう。癌患者向け女性誌のインタヴューによれば、奇しくも本書の初版が著者の手もとに届いた日、親友は小康状態にはいったという（『ローズマガジン』誌二〇一八年秋冬第一七号）。

社会的弱者や病に苦しむ人々とのつよい連帯感に根ざしたこの小説。だが、その魅力はなんといっても三人の女性の人生が「髪」でつながっていくところにある。

視覚的に印象深い場面のひとつに、シチリアでの毛髪加工の工程がある。回収された毛髪は、作業場で脱色ののちカラーリングされるが、脱色用の薬剤から引きあげられても、なぜか依然として黒や茶色のままの個体があるというくだり。小説で「頑固者」と表現され、擬人化されるこれらの髪は、逆境に流されまいとするヒロインたちにどこか似ている。

そもそも髪は単なるモノにとどまらず、古くから「情念」がこもり、不可思議な「力」の宿る霊的アイテムである。さらに、モントリオールのヒロインがユダヤ人で、ポグロムやショアーに触れられることからおのずと想起されるのは、ユダヤ人強制収容所で丸刈りにされた女性たち、解放直後のフランスで対独協力者と指弾され丸刈りにされ、恥辱をあたえられた女性たちのことだ。

つまり髪は女性としての尊厳や女性性の象徴ともいえる。このような髪が女性たちのひたむきな思いをたっぷりとしみこませながら世界の女性たちを結びつけていく。

翻訳にあたっては早川書房の窪木竜也さんにお世話になりました。編集の月永理絵さん、校正の栗原由美さん、示唆に富む解説を書いてくださった髙崎順子さんにも感謝申し上げます。ありがとうございました。

住む場所も背景も大きく隔たるヒロインたちが親密につながっていくように、この小説が日本の読者にも身近に感じていただけますように。

文庫版によせて

本書『三つ編み』はフランスで二〇一七年に出版され、邦訳が二〇一九年に刊行された。その後の著者レティシア・コロンバニとその作品について記しておきたい。

まず、インド篇をまとめた絵本は、邦訳が『三つ編み―ラリタの旅―』（新海知絵訳、アンドエト、二〇二一年）として刊行された。また、コロンバニがデビュー作『三つ編み』後に上梓した小説も、邦訳が出版されている。二作目『彼女たちの部屋』（拙訳、早川書房、二〇二〇年）は、パリに実在する女性の保護施設をめぐって、現代と百年前に生きる女性の物語が交互に描かれている。三作目『あなたの教室』（拙訳、早川書房、二〇二二年）は、再びインドを舞台とし、不可触民のための学校をひらこうと奮闘するフランス人女性の物語である。この小説では『三つ編み』に登場するインドの母娘のその後にも触れられている。なお、『三つ編み』は著者の脚本・監督で映画化がすすめられていたが、インド、イタリア、カナダ三カ国にまたがる撮影が、折からのパンデミックに阻まれながらも完成し、二〇二三年にフランスで公開された。

本作はおもにフェミニズム小説として受容され、共感や評価を得ている印象がある。たしかにヒロインたちがおかれる不条理な状況は、女性であることと深く関わっている。くわえて、全篇をとおしてみれば、ジェンダーとともに、階級、人種、国籍、宗教、外見、「健常者」か否かによる差別や排除といった、社会のすみずみにある不正義が丹念に描かれた作品でもある。

　文庫版の編集にあたっては窪木竜也さん、校正の上池利文さんにお世話になりました。デザインの大久保伸子さん、そして単行本版に引き続き、イラストの網中いづるさん、解説の髙崎順子さんにも、心より感謝申し上げます。

　文庫版となった『三つ編み』がさらに多くの読者に出会えることを願いつつ。

二〇二四年九月

解説

ジェンダー・ギャップ指数で読み解くベストセラー

ライター
髙崎順子

フランスの人々は夏に本を読む。短くとも二週間、長い人では一ヵ月にも及ぶ夏のバカンスでは、陽光のもとでのんびり読書に耽《ふけ》るのが定番だ。休暇明けの職場での会話は、旅行先の見聞と読んだ本の感想で彩られる。畢竟《ひっきょう》、ベストセラー商戦も夏に加熱する。

そんなフランス出版界の夏の陣、二〇一七年の戦を制したのは、少々異色の一冊だった。「髪」をモチーフに、三人の女性が自由と自立を勝ち取る過程を描いたフェミニズム小説。舞台はインド、イタリア、カナダの三大陸にわたり、フランスは出てこない。作品のタイトルは『三つ編み』と極シンプルだ。おまけに著者のレティシア・

コロンバニは映画監督で、小説はこれがデビュー作となる。それが出版直後から書評で絶賛され、口コミで評判が広がり、本国での出版前に十六カ国で翻訳契約が締結された。二〇二四年の今では発行部数二百万部に達し、翻訳版は世界三十七ヵ国で刊行。昨年十一月にはコロンバニ本人が監督を務めた映画版が本国で公開され、こちらも好評を博している。

どうしてこの作品は、かような成功を収めたのだろう。

優れた物語の力は言うに及ばず、一読すればあなたもすぐに納得するだろう。加えて筆者は、この小説には「フランスだからこそ編まれ得た」特色があると感じた。そしてその特色ゆえに母国フランスに止まらず、女性の自由と自立の機運が高まる世界各国で広く読まれ、多くの人々に励ましと力を与えるのではないか、と。

かくいう筆者は二〇〇〇年よりフランスに在住し、フリーライターとしてこの国の文化・社会について日本メディアへ寄稿している。フランス女性の生き方やそれを支える制度は日本の読者の関心が高く、筆者もこれまで取材を重ねてきた。その視点で『三つ編み』という物語を俯瞰《ふかん》しつつ、なぜこの作品がフランスで生まれ社会現象となったのかを、解きほぐしていこう。

当事者の視点、非当事者の距離感

「これは私の物語。

なのに、私のものではない。」

『三つ編み』の「プロローグ」で、著者コロンバニはそう記す。この二行こそが、本書の成功を読み解く上での最大のカギではないかと、筆者は考えている。

物語は、三人の女性主人公の人生を交互に語り進行する。インドのスミタは最下層身分「不可触民」に生まれ、過酷な生活を強いられながら、娘により良い人生を与えるために出奔《しゅっぽん》する。イタリアのジュリアは伝統的な男女・家族観の強いシチリアで、突如危機に陥った家族経営の毛髪加工会社を立て直すべく奮闘する。カナダのサラは三児の母、弁護士として社会的成功を収め多忙な毎日を過ごしているが、ガン罹患《りかん》が発覚したその日から、人生が一転する。一見何の繋《つな》がりもない三者の生き方を、「髪」をモチーフに交差させ、編み込んでいくストーリーだ。

三人の女性を主人公に女性作家が記した本書は、どこからどう読んでも「女性の物語」、つまりコロンバニ自身が当事者の「私の物語」と言える。一方、主人公たちの置かれた環境や生き方は、著者自身のそれと一致しない。書かれたエピソードはどれも、コロンバニにとって「私のものではない」。

その不一致は、主人公たちと著者の生きる四カ国を並べてみると、すぐに理解できる。インド、イタリア、カナダ、そしてフランス。この各国では、女性の置かれた社会的な位置や生きやすさが、大きく異なっているのだ。

分かりやすい比較材料として、「グローバル・ジェンダー・ギャップ報告書」を見てみよう。二〇〇六年より世界経済会議が調査・発表しているこのレポートでは、約百五十カ国を対象に、教育・経済・健康・政治の四つのカテゴリーで男女格差の度合いを計っている。レポートは毎年作成され、指数の変動から、各国の経年変化を観察できる。指標の設定や算出方法に異論はあるが、「男性と比較した際の、社会における女性の不自由度」を概観するには、相応に参照できるものだ。

本書のフランス語原著の発行年、二〇一七年度のこのランキングで、『三つ編み』にまつわる四カ国は以下の順位にある。

フランス　11位

カナダ　16位
イタリア　82位
インド　108位

著者コロンバニのフランスは、四ヵ国中最上位。物語の舞台のどこよりも女性の社会的地位が高く、不自由度が低いことが、数値から読み取れる。男女差別がないわけではないが、他の三ヵ国での女性の生きにくさや苦しみの原因は、現代のフランス社会ではほぼ過去の遺物と言っていいものだ。

常に生命の危機を孕《はら》むスミタの凄惨な暮らしは、インドの伝統的な身分差別制度と女性蔑視によるもの。若々しく朗らかなジュリアの毎日を脅かすのは、イタリアに根付いた家父長主義や女性性の固定観念だ。北米の先進国で成功者となったサラは、ダブルスタンダードの男性的能力主義に追い詰められていく。だがフランスの女性たち、特にコロンバニの属する芸術分野に生きる人々は、そのどれからも自由だ。

女性を生きづらくするそれらの要素は、フランスでは「改善すべきもの」との社会的な認識がある。特に二〇一〇年代以降は、国ぐるみで男女格差是正策をより強く推進しており、前述のグローバル・ジェンダー・ギャップ報告書でもその経過が明白に表れている。二〇〇六年の70位、二〇一三年の45位、そして二〇一七年の11位と、フランスは着実に順位を上げてきた。そんな社会でコロンバニは「非当事者」として、その他の三つの国の女性たちを客観的に描く距離感を獲得している。同じ女として、その苦しみは鋭敏に捉えられる。しかしそれを語る彼女自身は、三ヵ国の女性たちと同じ蔑視・差別に痛めつけられることなく、傍観者の立場でいられる。

その二重性によって、コロンバニはこの物語に独特の魅力を与えている。目を覆いたくなるような不条理や不快な場面も、シンプルかつ静かな筆致で流れるように語られ、読者をスルスルと導いていく。それは映画監督でもある著者の、視覚的な描写力と構成力に拠《よ》るところが大きいだろう。しかし同じくらい、物語に対する当事者性・非当事者性の絶妙な塩梅が貢献しているように、筆者には思える。

コロンバニ自身もこの三ヵ国の選択には意識的で、「三つの物語を、三つの異なる大陸で書きたかった」と語る。インドは構想当初から決まっていた。「髪」をモチーフに物語を書こうとしたきっかけが、インドで髪を神に捧《ささ》げる人々を取り上げたドキュメンタリーだったためだ。シチリア（イタリア）も、上質なかつらの産地として早い段階で選んだ。最も悩んだのがサラの生きるカナダ。着想の元であった親友の闘病がフランスで行われたこともあり、当初はフランスを舞台にすることも検討したそうだ。

「でも、地理的にイタリアと近過ぎるように感じたんです。アメリカも考えましたが、映画や文学であまりに多く取り上げられすぎていた。カナダはアメリカとフランスの間にあって、一番適切だと思いました。女性が男性と同等の権利を持っているように見えながら、実はそれが表面上だけという、欧米の自由主義社会をよく表しているところだと」(コロンバニ談、筆者訳)

ちなみにコロンバニはその後、自国フランスを舞台にした小説『彼女たちの部屋』(早川書房刊)を執筆している。二〇世紀初頭と現代のパリを舞台に、それぞれの時代を生きる女性たちの奮闘と願いが共鳴する物語は、『三つ編み』と併せ読むにふさわしい良質のフェミニズム・フィクションに仕上がっている。

登場人物へのフラットな視線

フランス人作家コロンバニならでは、と思える特徴はもうひとつある。それは登場が、男性が対立項として想定されること人物、特に男性たちへのフラットな視線だ。

女性が自由と自立を勝ち取る物語においては、男性が対立項として想定されることが多い。舞台設定の定石が男性優位社会なので、分かりやすい敵対の構図と言える。が、コロンバニはその分かりやすさを用いない。因習や悪しき伝統に染まりきった男性も登場するが、物語で重要な役割を占めるのは、主人公たちに寄り添おうとする男性、そこで連携・共闘せんとする男たちだ。

「明らかに女が好きではない」とスミタ自身が考える国で、彼女の夫は妻の意思の強さに理解を示し、娘に教育を施そうとし、庇護《ひご》する。男性社会の企業戦士たるサラの家庭を守るのは、家事育児に秀でた男性ベビーシッターだ。そして男女の連携が最も美しく描かれているのは、ジュリアのパートだろう。伝統的な家族観が根強いシチリアで、代々男性の家主が受け継いできた技術を惜しみなくジュリアに授けたのは、父親だった。そしてジュリアのパートナーたるカマルは、スミタと同じインド亜大陸の出身ながら、男女平等を旨とするシク教徒の設定を持つ。イタリアでは異色視される移民の身で、堂々と胸を張りジュリアに人生航路を示した彼が、「相棒であり、相談相手でもある」と表現される箇所は象徴的だ。

そして著者のフラットな視線は、女性登場人物にも同じように向けられる。男性的な競争社会でサラを陥れるのは男性の同僚ではなく、「信頼し・自ら選び採用し・毎朝微笑みかけてくれる・特別に目をかけていた」女性の部下。ジュリアを旧態依然とした価値観に押し込めるのは彼女の母と姉だ。その一方、旅路のスミタと「インドに生きる女性」の苦しみを分かち合うのは子連れの寡婦《かふ》で、結婚の幻想についてジュリアに警鐘を鳴らすのは、同じ工場で働く年上女性の友人である。

コロンバニの人物造形は男女とも、ステレオタイプに陥らない。人が善人であり悪人であるのに、性別は関係ないと明確に謳《うた》われる。結果、女性が意思を貫く希望の世界に、男性たちにも公平に、自然なあり方が許されているのだ。

ここで筆者は、前述のグローバル・ジェンダー・ギャップ報告書を思う。女性の解放の物語を紡ぐのに、男性を悪役にする必要はない。両者がフラットに存在する世界で、女性が自由と自立を求めることは可能なのだとコロンバニは示す。それは比較的男女格差が少なく、性別による偏見に囚われず、個人の多様な生き方が認められているフランスだからこそ、持ち得たスタンスではないだろうかと。

たとえばフランスは、出産後の女性の職場復帰に欠かせない保育制度を整えると共に、男性の育児参加を推奨している。その一例の「父親休業」は子どもの誕生時に四週間与えられる休業権で、手当金の財源は公的資金、対象男性の約七割が取得する。この制度の意義を筆者が管轄省庁に取材したときの答えはこうだ。「男性にも、父親として子と関係を築き、幸せを感じる権利があるんです」。フランス政府は親としての男女格差をなくすため、女性だけではなく、男性側も公平に眺めている。またこの国では同性婚が異性婚と同等に法制化され、子の六割は結婚していない男女から生まれてくる。登場人物をフラットに扱う著者の姿勢の前提には、性の平等を理念として掲げて制度化している社会があるのだ。

この「フラットに登場人物を扱う」という観点からは、もう一つ、別の面白さが見えてくる。それは主人公三人が、まったく異なる「属性」を備えていること。そしてコロンバニがそれぞれを彩り豊かに、優劣なく描いていることだ。

スミタは「母」であり「妻」であり「信者」であり「旅人」である。ジュリアは「二十代」兼「恋人」兼「友人」兼「家族」兼「雇用主」で、サラは「四十代」と「家計の支え手」と「保護者（スミタの〝母〟とは違う）」と「闘病者」と「自営業者」と「シングル」の属性を備えている。三人の共通点は「女」であることだが、それを除けば重なる点はほとんどない。ざっと挙げただけで、十種類の以上の属性が三人に与えられている。その多面性・重層性は、現代女性のとてもリアルなあり方だ。読者は必ずなにかしら、共感を寄せるフックを見つけることができるだろう。

そしてコロンバニはどの属性に対しても、ネガティブなメッセージを込めていない。三者三様の力強い闘いぶりを丁寧に描き、結末ではその三つの物語で、見事な「三つ編み」を縒《よ》り合わせてみせる。異なる属性をもつ誰もが否定されず、明るい未来を示唆されている物語。その公正さと希望に満ちた読後感は、コロンバニが読者に手渡す最大の贈り物だ。

共和国の子らが愛する、人類愛の物語

「フェミニズム小説」とカテゴライズされながら、幅広い層に読まれた『三つ編み』。前述したような作品の特徴が、性別や属性を問わず、読み手を魅了したことは想像にかたくない。だが発行直後から数十万部超えの大ヒットとなった理由は、作品の力だけではないだろう。それが託されたフランス社会の方にも、この物語がフィットする

要素があったと筆者は思う。

フランスが国を挙げて男女格差の是正に取り組んでいる事実は、先に記した。この時点で、フェミニズム小説の受け入れられやすい土壌が、他国に比較してより培われていたと考えられる。

加えて現代フランスは、市民革命の基盤の上に成り立っている社会だ。一七八九年、絶対王制の暴政と抑圧に市民が抗ったフランス革命を皮切りに、「法の前に万人が平等である社会」を勝ち取った共和制国家である。この国では抑圧は打ち破るものであり、権利は勝ち取るもの。それはいまも市民の意識に強く刻まれている。二〇一八年秋、低所得者層の生活苦に端を発した「黄色ベスト」デモの激化は、読者の記憶にもあるだろう。その後も二〇二三年の年金改革法案への抗議など、大規模なデモでの意思表示は続いている。二〇二四年のパリ五輪開会式では、フランス革命をモチーフにしたパワフルな演出が全世界に向けて発信され、話題を呼んだ。

そんなフランス社会にとって『三つ編み』の物語は、血湧き肉躍る現代の革命譚《たん》でもある。この国の人々は、抑圧と闘い自由を手にする人物が好きだ。勇猛果敢に人生に挑み勝利する物語は、共和国の子らを興奮させる。そのフィールドが社会全体で取り組んでいる男女格差問題で、しかも物語は文学的にも良質とくれば、もはやヒット は必然と言えるだろう。

フランス社会がそうしてこの物語を受け入れたさまは、当時の書評にもよく表れている。数本を拙抄訳でご紹介しよう。

「我々の世界はもっと公平で、友愛に満ち、人間味のある場所になれるのではないか？」（ポール＝アンリ・マイエ／ラ・パリジェンヌ誌）

「この物語には悲惨や苦しみ、不治の病の不幸がある。だが同時に、あらゆる人類の共通善である愛と希望も描かれている」（セバスチャン・デュボ／ラ・デペッシュ・デュ・ミディ紙）

「本書は我々の社会のぎょっとするような面、痛烈な不平等と不公平、友愛の欠如にも触れている。しかしそれは、よりよく希望を編むためだ」（ピエール・ヴァヴァシュール／ル・パリジャン紙）

「ヒロインたちは皆まったく異なる存在に見えるが、各人が自分の選んだ道を生きるための強烈な熱意を持っている。どんな対価を払っても、自由を得るために」（レティシア・ファヴロ／ル・ジューナル・デュ・ディマンシュ紙）

フランスの読者にとって、『三つ編み』は単なる「三人の女性のお話」ではない。より普遍的な人間としての女性の復権、それを連帯で実現する、人類愛の物語として読まれたのだ。

そして本書と呼応するように、二〇一〇年代以降の世界では、女性の権利と人類愛をめぐる動きが活発化した。アメリカに端を発した #MeToo 運動は、先進諸国で様々な議論とムーヴメントを巻き起こした。それを受け、これまで「当たり前」と見過ごされてきた性差別・性ステレオタイプ的な言説は、広告やエンタテインメントの世界でも厳しく是非を問われるようになっている。二〇二二年のアメリカでは中絶の権利を脅かす判決が衝撃を呼んだが、その権利を守るためのカウンターデモがいくつもの国で広がった。この流れの中、フランスでは「中絶の自由」を明記する憲法改正案が国会で審議され、二〇二四年に圧倒的な賛成多数で可決されている（憲法に「中絶の自由」が明記された国は、フランスが世界初だ）。

本書が本国発売前から他国で注目され、次々に翻訳が決まっていった経緯も、そんな世界の潮流を象徴していると言えるだろう。抑圧に異議を申し立て、自由を得るための闘いは、フランスに限った現象ではない。全世界の全人類が、それぞれの場所で、挑み続けているものなのだから。

『三つ編み』の舞台が、日本なら

この『三つ編み』が日本の読者に初めて届けられたのは、二〇一九年。齋藤可津子氏の翻訳力と文章力のおかげで、原著の魅力をそのまま堪能させる邦訳単行本は、大きな反響を得た。

五年の時を経て今新たに文庫版を手に取る読者は、この物語をどう読むだろう。フランス本国、そして世界二百万の読者と同様、引き込まれるようにエピソードを追い、希望に満ちたラストに心を震わせるだろうか。

その興味と同じだけ、筆者には気になることがある。もし『三つ編み』の一篇が、日本を舞台に書かれていたら。日本女性はどんな抑圧の下にあり、それをどう打破すると描かれただろうか。そう考える理由は、前述の「グローバル・ジェンダー・ギャップ報告書」にある。二〇二四年のランキングで、日本は118位。フランスは22位、カナダは36位、イタリアは87位。日本より下位にあるのは、物語中最も過酷に描かれるインド（129位）だけだ。

インドと日本がもつそれぞれの社会問題は、並べて語れる類ではない。前述したように、このレポート自体にも賛否両論がある。たとえばこのレポートは「男女の格差」に焦点を当てているため、男女ともに人権意識や社会制度の整備が遅れていたとしても、それが指標に現れにくい。両性を含めての開発度を見る「国連人間開発報告書」では日本は24位、インドは134位だ（二〇二三／二〇二四年、全一九三ヵ国中）。しかしこのグローバル・ジェンダー・ギャップ報告書では、明らかに大きな男女格差のある国が、ランキング上位に位置することはない。その点で一つの目安であることは確かだ。

『三つ編み』に登場する三ヵ国、そしてフランスと比べ、日本で最も格差の開いているのは「政治参画」である。参考までにこの分野の二〇二四年版ランキングを紹介すると、フランス27位、カナダ42位、イタリア67位、インド65位、日本は113位。総合順位では下にあるインドよりも、この分野では大きく順位を下げている。日本で『三つ編み』が描かれたとしたら、政治分野に触れるのは必然だろう。その上で、主人公の日本女性はどんな属性を持ち、どんな闘いを生きることになるのか。彼女と連携する日本の男性たちは、どんな人物として描かれるだろう。
実は筆者は二〇一九年、本書の邦訳単行本の刊行後、コロンバニ本人にインタビューする機会を得て、この問いを投げかけたことがある。少し考えてから、「労働現場を舞台にすると思う」と、コロンバニは言葉を選んで答えた。

「日本の企業では、男性の上司や同僚のために女性社員がお茶やコーヒーを淹《い》れることもあると聞きました。日本の方には普通のことかもしれませんが、私にはとてもショッキングです。賢い日本男性は当然、自分でお茶やコーヒーを淹れられるはずですよね？　そんな簡単なことを敢えて他者にさせる行為には、その相手を軽んじ、服従させるという精神性が表れています。
私が日本を舞台に女性の解放を描くなら、そんな日常のシーンを切り取りたい。映画の手法の一つに、『意味を持つ細部』をカメラでクローズアップするやり方があります。小さな習慣にも、それを毎日生きる女性たちには『自分の価値を下げられている』という意味が含まれているのだと、伝えたいと思います」

（二〇一九年四月ハフポストジャパン掲載）

それから五年の時を経た日本では、社会は少しずつだが、着実に変化している。フランスの「父親休業」に着想した「産後パパ育休」が二〇二二年秋に施行され、誕生直後から子育てにコミットする父親たちは目に見えて増えた。二〇一八年、東京医科大学の不正入試で白日の元に晒《さら》された女性への教育差別はもはや許容されず、明確に糾弾されるようになっている。しかしコロンバニが指摘したような労働現場の慣習は変わらず、一部の職場で続いている。非正規労働者の割合は女性が倍以上に多く、育児のためにフルタイムから時短勤務へと働き方を変更するのは、今も母親側に偏っている。その結果、男女の賃金格差は依然として是正されず、それは非婚女性の老年の貧困問題にも直結している。

もし今の日本で、『三つ編み』が書かれるなら。どんな登場人物たちが連帯の物語を紡ぎ、どのように社会に受け止められるだろう。力強い女性と共に立つ男性が、女性への抑圧に異議を申し立てる連帯と人類愛の小説は、百万部越えのベストセラーたり得るだろうか——ここまで拙文にお付き合いくださったみなさんにも、考えてみてほしいと思う。

本書は、二〇一九年四月に早川書房より単行本
として刊行された作品を文庫化したものです。

あなたの教室

Le cerf-volant

レティシア・コロンバニ
齋藤可津子訳
46判並製

元教師のレナは、旅先のインドで一人の少女に命を救われる。少女は十歳なのに毎日働かされ、学校に通っていないという。レナは恩返しとして読み書きを教えようとする。だが、「女に勉強はいらない」と少女の養父母に止められた。レナも譲らない。因習に従う人々から反対されながらも、村の女たちに助けられ、学校を作ろうと動きだす。『三つ編み』から続く勇気の物語。

ハヤカワ epi 文庫は、すぐれた文芸の発信源（epicentre）です。

訳者略歴　翻訳家　一橋大学大学院言語社会研究科博士課程中退　訳書『彼女たちの部屋』『あなたの教室』コロンバニ，『透明都市』アセンヌ，『アポカリプス・ベイビー』デパント，『30年目の待ち合わせ』アベカシス（以上早川書房刊）他多数

三《み》つ編《あ》み

〈epi 113〉

二〇二四年十月二十日　印刷
二〇二四年十月二十五日　発行
（定価はカバーに表示してあります）

著者　レティシア・コロンバニ
訳者　齋《さい》藤《とう》可《か》津《つ》子《こ》
発行者　早川浩
発行所　株式会社　早川書房
郵便番号　一〇一 - 〇〇四六
東京都千代田区神田多町二ノ二
電話　〇三 - 三二五二 - 三一一一
振替　〇〇一六〇 - 三 - 四七七九九
https://www.hayakawa-online.co.jp

乱丁・落丁本は小社制作部宛お送り下さい。
送料小社負担にてお取りかえいたします。

印刷・中央精版印刷株式会社　製本・株式会社フォーネット社
Printed and bound in Japan
ISBN978-4-15-120113-4 C0197

本書は活字が大きく読みやすい〈トールサイズ〉です。